DESPERTAR DEL OSO

GUARDIANES ALFA - LIBRO 3

KAYLA GABRIEL

Publicado por Kayla Gabriel
Gabriel, Kayla
Despertar del oso

Diseño de portada derechos de autor 2019 Por Kayla Gabriel, autora
Imágenes/Crédito de la foto: Depositphotos: chestief & mikeloiselle

Nota del editor: Este libro fue escrito para una audiencia adulta. El libro puede contener contenido sexual explícito. Las actividades sexuales incluidas en este libro son fantasías estrictamente destinadas a los adultos y cualquier actividad o riesgo realizado por los personajes ficticios de la historia no son aprobados o alentados por la autora o el editor.

EXTRACTO

Aeric fue sacudido por completo mientras llevaba a Alice a su dormitorio. Sus pasos se hicieron más lentos a mitad del camino mientras contemplaba su impecable cama tamaño King. Un pesado momento de sensatez lo sacó de las fantasías que inundaban su cerebro. Sin embargo, las fantasías ganaron, porque...

Ella estaba ahí. Justo ahí, en su cuarto, mirándolo con ojos abiertos de par en par, mordiéndose el labio mientras tomaba asiento en el borde de su cama y lanzaba el manto que cubría sus hombros. Esto no era un sueño, era un gran paso lejos de la soledad y el silencio que dominaban la vida de Aeric.

Alice soltó su largo cabello oscuro por encima de un hombro e hizo una seña para que se acercara, Aeric solo podía hacer lo que ella le pidiera. Se ubicó entre sus rodillas, inclinándose para besarla rápido y con fuerza, y puso una enorme mano en su espalda para traer el cuerpo de Alice hacia él.

Esto. Dios, su sabor… La sensación de sus sensuales

labios sobre los suyos, su lengua bailando atrevidamente, los dulces sonidos que hacía cuando su mano libre se acoplaba a su pecho a través de la fina tela que llevaba puesta...

PRÓLOGO

—Madre, no puedo matar a un inocente —dijo Allisandre lanzando su cortina de sedoso cabello negro por encima del hombro. Ella caminó al borde de su cavernosa cámara en Erebus, en el vientre del mundo. El hogar de las Furias griegas, diosas infernales que existían solo para la venganza, el castigo y la muerte de los malhechores.

Tisífone, la madre de Allise, se puso de pie, las ondas de un delicado cabello plateado salían de la capucha de su dañada túnica negra. Tisífone sostenía un bastón en su nudosa mano y se recostaba en él con pesar mientras se acercaba a su hija. Allise vio la determinación en el serio y arrugado rostro de su madre; en el momento, lucía como toda una bruja, en total sincronía con sus hermanas Alekto y Megaera. Las tres brujas ancestrales con el poder de la vida, la muerte y el destino.

—Somos las *Erinias,* hija mía. No nos inclinamos a ningún hombre —le informó Tisífone a Allise por, quizás, milésima vez. Allise nació entre las Furias griegas, pero también era mitad mortal. Desde que podía recordar, su madre le había contado una y otra vez los pasos que debía tomar para despertar todo su poder.

—He renunciado al mundo mortal, madre —dijo Allise, comenzando con la lista de requerimientos antes que su madre se explayara—. He renunciado a los hombres...

—Renunciar a ellos no despertará todo tu poder para convertirte en una de las Erinias, Allisandre —corrigió su madre. Esto también era parte de su antiguo sermón, y eso hizo que Allise suspirara—. Debes renunciar a tu alma gemela, al único hombre con el poder de ponerte de rodillas e invocar tu muerte. Entonces, y solo entonces, podrás ser como una diosa. Solo cuando seas plenamente inmortal, empezarás a crecer como una furia.

Allise apretó sus labios para evitar que escapara el suspiro de reproche que tenía en la punta de su lengua. "No quiero convertirme en una bruja", pensó. "Me gusta la forma que soy".

Pero la forma en la que era nunca sería suficiente. Era muy joven, muy débil, muy mortal. Sus tías Alekto y Megaera siempre eran muy cariñosas, pero Allise sabía que ellas pensaban lo mismo. Solo sería aceptada luego de matar a su alma gemela y adquirir todo su poder como furia, luego de renacer como un ángel vengativo. Y así, ella podría quedarse en Erebus, junto con su madre y sus tías.

—No lo extrañarás si no lo conoces —dijo Tisífone, sacando a Allise de sus pensamientos.

—¿Perdón? —preguntó Allise, sentándose en un sillón muy acolchonado y mirando a su madre de cerca.

—A tu alma gemela. Tu padre ciertamente no fue el mío. Él era un apuesto mortal. Un vinatero, creo. Vendía vino en el mercado, al parecer. Me disfracé como una hermosa mujer mortal, tomé lo que quería de él, y ahora te tengo a ti.

El arqueo de cejas de Tisífone le dio a entender que

quizás no había conseguido *exactamente* lo que había esperado de Allise.

—Lo sé, pero... —Allise intentó encontrar las palabras adecuadas para explicar.

—Allisandre, entiendes cómo trabajamos las Erinias. Nuestros fieles rezan por nosotras para vengar sus injusticias, por pequeñas o grandes que sean. Escogemos las causas más valiosas y las repartimos entre nosotras. Hasta la fecha, tú solo has eliminado ocho pecadores. Sin contar a los dos que has perdonado, dejándome a mí limpiando tus desastres. Entiendo que seas mitad mortal, pero no puedes dejar que tu compasión se convierta en tu debilidad.

—¿Y si la compasión es más justa que la venganza? —soltó Allise, regañando a su madre.

—¿Cómo podría serlo, hija mía? La venganza es todo lo que somos.

Allise abrió la boca para discutir, pero desistió, tratando de encontrar las palabras correctas. Quizás era mejor explicar la historia en lugar de discutir sin sentido con su madre.

—Mi labor, el hombre que se supone es mi alma gemela...

—Sí, sí —dijo su madre, agitando una mano—. Todas las Erinias que encuentran a sus hombres terminan tomando la decisión de despertar todo su poder.

—Bueno, la creyente que rezó por venganza hacia él es su antigua amante. Cuando rezó por nosotras, escuché su voz clara como el cristal y su historia entró directamente en mi corazón. Ella dijo que él le había roto el suyo, y que era un bastardo carente de emoción, y todas las cosas comunes, pero...

Tisífone soltó una carcajada.

—Te entrometiste —supuso su madre—. Querías saber más sobre este hombre, este humano.

Allise podía sentir cómo sus mejillas se calentaban.

—Quería saber si él era tan terrible como ella decía. Después de todo, ¿cómo podía el destino emparejarme con tal monstruo?

—¿Y qué encontraste, hija mía? —Tisífone inclinó su cabeza, con un extraño tono entretenido en su voz.

—La chica mintió. Ella trató de engañarlo, se acostó con él y le dijo que cargaba su hijo cuando no era cierto. Él la rechazó, y ella nos llamó con esta falsa historia. ¿Cómo puede ser eso justo, madre?

Tisífone frunció sus labios y cruzó el salón, olvidando su dependencia a su bastón. La actuación de la anciana era solo eso, una actuación; Tisífone era mucho más fuerte de lo que aparentaba.

—La justicia en nuestro mundo fluye en una sola dirección, Allisandre. Nuestros creyentes nos invocan y nosotras los vengamos. No hay nada más que eso, no hay balanzas ni juicios sobre qué está bien y qué no. ¿Cuántas veces debo explicártelo? —Su madre tomó una pausa—. Tú viste al hombre, a tu pareja. Lo encontraste atractivo, ¿verdad?

Allise se sonrojó más. Ella lo había seguido, eso era cierto. Se había escondido entre los árboles y lo vio bañarse en un manantial. Admiró el glorioso cuerpo del vikingo. Era alto y musculoso, tenía un aspecto inteligente y algo en él la llamaba.

—Sí —admitió.

—No sientas pena alguna, Allisandre. Él está allí para tentarte. Esa es una parte del ritual, el sacrificio de algo que realmente deseas. Eres una inocente, cautivada por un apuesto mortal. Es el inicio de tu creación, el comienzo de tu divinidad.

Allise abrió la boca, pero su madre detuvo sus palabras con un gesto.

—No tienes elección, Allisandre. Mátalo y encuentra tu verdadero potencial, o deja Erebus para siempre. Si deseas convertirte en una Erinia plena, mientras ese hombre siga vivo, seguirás siendo débil y defectuosa. —Tomó una pausa —. Ven conmigo.

Antes de que Allise pudiera parpadear, su madre chasqueó sus dedos y la transportó desde su casa hasta las puertas del inframundo, hacia el reino mortal, a un lugar del cual Allise se avergonzaba por conocer muy bien.

Su hogar. Era una cabaña simple de una habitación, con un musgo verde brillante en el techo y una chimenea encendida. Él se paró ante el fuego, su vikingo, mirando las llamas como si le revelaran los secretos del mundo. Por el aliento de Zeus, era apuesto. Su firme figura y sus esculpidos rasgos dejaban a Allise sin aire, aunque no se habían dicho ni una sola palabra.

Con solo mirarlo así, su corazón empezaba a golpear. Allise entró en pánico, no estaba preparada para enfrentarlo por primera vez, en tales circunstancias. Pero él parecía no darse cuenta de su presencia, mientras bebía de una taza de hidromiel y reflexionaba, estudiando el fuego.

—Lo hice bastante simple, hija mía. Él no nos puede ver ni escuchar. Toma esto —dijo su madre, entregándole un sucio cuchillo de hierro—. Termina tu trabajo ahora. Él nunca lo sabrá. Es un mortal, unos cuantos años no marcarán la diferencia.

—¡No! —dijo Allise, con un nudo en el estómago. Ella lo miró, con el corazón en la garganta—. No puedo.

—Debes hacerlo. Si no lo haces para convertirte en una diosa, entonces hazlo por tu propia vida. Si no lo matas, él será tu perdición. Es inevitable. Mátalo ahora —siseó su madre, empujando el cuchillo a Allise—. Usa el cuchillo, usa una maldición, lo que quieras. Cántale si es necesario.

Se refería al talento especial de Allise, una voz en su interior que, enviada al mundo mortal, traía encantamientos, muerte o cualquier cosa que ella deseara. Allise dejó una ciudad hecha cenizas cuando era pequeña, la primera vez que *cantó* su canción mortal. Apretó sus dientes, tratando de hacer lo que debía. Levantó su mano izquierda, manifestando un poderoso orbe azul oscuro y reuniendo la voluntad para segar su vida.

En el último instante, justo cuando lo lanzó hacia él, dudó. El orbe voló, convirtiéndose en un destello cegador de luz dorada que iluminó todo en la oscurecida cabaña. Cuando el orbe lo tocó, lo consumió como llamas tocando pasto seco. Gritó, agarrando su piel, pero no se quemó...

Él *cambió.*

—¡Tonta! —siseó Tisífone, tomando el brazo de Allise y alejándola. Volaron hacia la entrada, incapaces de hacer nada más.

El hombre cayó de rodillas, retorciéndose, mientras su cuerpo se estiraba y cambiaba de forma y duplicaba, triplicaba, cuadruplicaba su tamaño. Mientras gritaba, su piel se cubría de brillantes escamas doradas, su rostro se transformaba en algo frío y reptiliano, sus brazos se alargaban hasta convertirse en alas enormes. Allise y Tisífone retrocedieron mientras él se hacía más y más grande, quemando los pilares de la cabaña.

Allise parpadeó mientras el vikingo terminaba su transformación y dejaba en su lugar a un enorme dragón de un color de oro resplandeciente.

Su maldición se había fijado, pero su incertidumbre lo había cambiado. Lo había cambiado a él. Le dio una forma totalmente nueva...

El dragón lanzó un rugido ensordecedor, con llamas saliendo de su boca, y mostrando su ira con claridad. Mientras los aldeanos empezaban a reunirse en las calles del pequeño pueblo, la madre de Allise levantó su mano y lanzó un hechizo, haciendo volar el techo y desvaneciendo al dragón en un destello azul. Cuando se debilitó, el hombre cayó al suelo, encorvado a un lado, desnudo y temblando.

—Observa, hija mía. Esto es por lo que estás renunciando a tu vida. Es la última vez que te lo pido. Mátalo ahora, antes de que recupere su fuerza. —Ante la mirada desesperada de Allise, su madre tomó su brazo y la sacudió con fuerza—. ¡Sálvate! Esta forma con la que lo has condenado es una maldición. Su especie es perseguida hasta los confines del mundo, ellos no pueden vivir entre los mortales. Y no puedes arriesgarte a remover la maldición y perder tu vida en ello. Cada memoria, todo lo que amas, desaparecerá de tu mente.

Allise meneó la cabeza, con su mente dando vueltas. Se alejó del agarre de su madre y retrocedió, sin saber a dónde ir o qué hacer.

—Ahora él nunca te querrá, Allisandre. Termina tu labor y regresa a Erebus. Toma tu lugar con nosotras —dijo su madre, mostrando los dientes.

—No puedo. —Las palabras de Allise cayeron como piedras, derrumbando el delicado puente entre ellas—. Debes irte sin mí. Encontraré otra forma.

—Tú no eres mi hija —juró su madre, desvaneciéndose con un giro de su túnica. Ella se llevó consigo el hechizo de invisibilidad, un talento que Allise no había adquirido aún. Los aldeanos miraron a Allise, su delicado vestido de plata y el sutil brillo plateado de su piel de diosa. Miraron la cabaña arruinada, y luego a Allise de nuevo.

"Es una bruja".

Escuchó el murmullo, sabiendo que no sería el último. Su presencia allí solo empeoraría las cosas. Si tan solo tuviera la habilidad de desvanecerse y tomar otra persona con ella, como hizo su madre... pero Allise seguía siendo un aprendiz en su trabajo, y su madre bloqueó mucho de su aprendizaje.

Ella miró por última vez al hombre recostado en los restos de la cabaña, vio que él la miraba con unos ojos azules tan brillantes que casi no los soportaba. Él la miró, realmente vio las profundidades de ella, y ella reunió todas sus fuerzas para darse la vuelta.

Quitándose una lágrima de su mejilla, Allise cerró sus ojos y se transportó hacia su lugar especial, un pequeño conjunto de árboles cerca de un pueblo en la costa norte de Eire. Allí, al menos, nadie cuestionaría su magia. Entre las hadas y druidas que vivían ahí, nadie consideraría a Allise una extraña.

Allí, podría hacer un nuevo hogar, una nueva vida.

Sola.

1

En su sueño, Aeric estaba de vuelta en su cueva. Racionalmente, sabía que era solo un lugar donde se había quedado unas noches hacía mucho tiempo, un espacio estrecho y oscuro con un pozo caliente que burbujeaba como agua termal, localizado en algún lugar bajo tierra. Su mente sabía que no había estado ahí desde hacía siglos, desde su última visita a Turquía. En ese entonces, era territorio del imperio Bizantino, nada parecido a la tierra fértil que Aeric vio en las noticias hacía algunos días.

Aun así, su corazón conocía ese lugar más que a su propia imagen en el espejo. Él lo visitaba frecuentemente en sus sueños, porque era allí donde siempre se encontraba con *ella*. Helle, la llamaba en su mente, significaba *mujer divina*. Lo más cercano a una diosa en la Tierra desde los gloriosos días de la radiante Freyja y Sága. Él no sabía su nombre ni de dónde venía, ni siquiera si existía fuera de su mente.

Todo lo que sabía era que ella *le pertenecía*.

Aeric cruzó el suelo húmedo de la cueva y el frío subió a sus pies. Cuando venía, siempre estaba desnudo como el día en que nació. Él atravesó rápidamente la humeante agua, suspirando de placer cuando entraba en el bien recibido calor. El agua llegó hasta su pecho, y él se sumergió para tomar ventaja de esa calidez, para eliminar parte de la tensión que lo mantenía firme en sus horas de vigilia.

Cuando salió a la superficie de nuevo, de pie y llevando agua a su rostro, la sintió. Un gruñido salió de su garganta mientras se giraba para encontrarla de pie en la entrada de la cueva, luciendo como la encarnación del pecado y la redención juntos, en un solo paquete de piel pálida. Helle se mantuvo de pie con una mano en su cadera, mirándolo con gran interés. Su cabello negro, liso y brillante, caía hasta sus rodillas, colgando de su cuerpo, y sus ojos color avellana centellaban con algo parecido al desafío. Ella era engañosamente pequeña, tenía todo ese poder dentro de nada más que metro y medio, y su figura tan esbelta casi parecía la de un chico.

Sin embargo, estaban sus senos altos y firmes. Y la sutil curvatura de sus caderas. Sus labios carnosos y el color marrón verdoso de sus ojos... La forma en que su lengua humedecía sus labios mientras se acercaba a él, sacudiendo su cuerpo de tal manera que lo ponía dolorosamente duro.

Helle no era nada más que una mujer hecha y derecha.

No intercambiaron palabras. Hacía tiempo que Aeric había descubierto que no podían comunicarse con palabras en estos sueños, que cualquier intento saldría en nórdico antiguo para él o griego antiguo para ella. Él no podía intentar más, y lo aceptaba como una regla en sus encuentros.

Ella entró al agua, y su largo cabello se elevó para enrollarse por sí solo sobre su cabeza. Otra de las reglas de este lugar parecía ser que el cabello de Helle nunca se mojaría. ¿Quién era él para cuestionarlo cuando se le presentaba tal obsequio?

En el momento en que ella estuvo en sus brazos, su

pecho, su cadera y sus labios chocaron contra los suyos. Su sabor era puro almizcle y miel, su dulce aroma femenino colmaba cada respiración. Sus labios se movían contra los suyos, y su lengua bailaba juguetona con la suya. Una de sus manos cruzó por el sedoso cabello de Helle, mientras que la otra bajaba desde su hombro hasta su cadera antes de subir para acoplarse en un seno.

Helle jadeó, mordiendo su labio y dejando caer su cabeza hacia atrás, y la delicada figura de su busto llamó su atención. Aeric pellizcó y chupó su piel sensible mientras que sus uñas rasgaban sus hombros, sus costados, sus caderas. En un instante, una de sus pequeñas manos rodeó su pene, acariciándolo íntimamente, buscándolo.

Aeric bajó sus manos hacia su bien formado trasero, levantándola, gruñendo, mientras ella lo guiaba con su cuerpo. Se conectaron a la perfección, fuerte y profundamente, y Helle se amoldó mientras exploraba su increíblemente apretado interior. Su aliento se tornó rígido mientras Aeric la follaba justo así, de pie en mitad del manantial, y el calor del agua solo añadía intensidad al momento.

Por un momento, él deseó follarla en otra parte, o en una cama, al menos, apretar sus senos mientras ella lo montaba, recostarla mientras probaba su néctar y ella gritaba su nombre, acabando en sus labios. Pero al siguiente segundo, todos los pensamientos cedieron mientras se perdía en su sensación, y en el calor que no podía quitarse de la cabeza. Helle se tensó y gritó, apretándolo mientras se liberaba, acercándolo hacia sí.

Cuando Aeric acabó, su cuerpo entero tembló con fuerza, y él la reclinó y la llenó hasta el tope, dejando su semilla en su cuerpo. Helle se recostó sobre él suavemente, con una expresión divertida, como si quisiera todo lo que él tenía y más. Mucho, mucho más.

Antes de que Helle pudiera separarse, Aeric la besó con

fuerza e inclinó su frente contra la de ella, tratando de recuperar el aliento.

Yo te vi. Allí, en el cementerio. Te vi, susurró contra sus labios, pero salió en aquella antigua lengua perdida.

Helle solo sonrió, besando sus labios una última vez. Sus dientes tomaron su labio inferior, mordiéndolo hasta que Aeric pudiera probar su propia sangre. Helle tocó su labio donde fluía la sangre de Aeric, y levantó la punta de su dedo para que él lo viera. Un punto rojo oscuro de su líquido vital yacía ahí, y luego se desvaneció en un destello dorado.

Él miró a Helle, pero ella le daba una vaga mirada, implorando. Rogándole que entendiera... ¿pero entender qué?

Tras un instante, ella retrocedió y sus cuerpos se separaron. Aeric deseaba más, con su miembro duro y dolorido, pero ella solo le dio una mirada indescifrable y le lanzó un beso. Helle salió del pozo, moviéndose con la gracia que lo enloquecía. Las sombras la cubrían al siguiente instante, y luego se desvaneció.

Aeric cerró sus ojos y se hundió en el agua, dejando que el sueño lo envolviera otra vez.

Cuando Aeric abrió sus ojos, se encontró en una cómoda cama. Por un momento, estaba desorientado. Siempre era así cuando soñaba con *ella,* quien llenaba todo su mundo y alejaba cualquier otro pensamiento que pudiera tener. ¿Dónde estaba él ahora?

Se levantó y miró por la ventana, luego suspiró. Praga, desde luego. Él había escuchado un rumor de que Pere Mal tenía un escondite aquí, con un espacio cerrado que contenía algunas de sus posesiones más importantes. Desafortunadamente, el hechicero borracho y lengua suelta que le había dado la información estaba equivocado. Sí hay un escondite. Incluso hay un espacio cerrado.

Pero cuando Aeric intentó entrar a la fuerza, gastando una enorme cantidad de magia, sin mencionar algunos favores bien cuidados, no había nada más que una habitación llena de oro y tesoros. Como dragón, el brillante cuarto lo excitaba, lo hacía querer nadar en la fría seguridad del oro, pero Aeric estaba incómodo.

Al igual que el hechicero, quien había despertado en mitad de la noche por un feroz dragón que invadía su apartamento en Edimburgo. Había logrado contener al dragón por varios días, y le dio tiempo a Aeric para ocuparse de su maniática búsqueda por *ella*. Aeric sabía que necesitaba progresar, y rápido, o perdería control total sobre el dragón.

Aunque sería más fácil, dejar que el dragón rondara por el mundo, buscando a su pareja...

El problema vendría al encontrarla. Si por mera casualidad el dragón la encontrara, Aeric no estaría tan seguro de qué podría pasar. No pensaba que el dragón pudiera lastimarla, pero tampoco quería que la marcara y tomara a su alma gemela. Sería darle una muerte segura, al igual que había asegurado la suya en el momento en que él y el dragón se volvieron uno solo.

Perseguido por sus propiedades mágicas, sin mencionar los incontables tesoros que guardaban, los dragones eran buscados de una forma que hacía que a Aeric se le pusiera la piel de gallina. La primera vez que vio un dragón, que no fuera él, fue en un mercado en Persia. El descuidado había sido descubierto y fue cuidadosamente descuartizado; su sangre, dientes y escamas fueron extraídos del cuerpo y puestos en venta. Habían guardado la cabeza para el final, quizás preparándolo como una clase de trofeo para el *Raj*. Aeric había mirado en los ojos del otro dragón, preguntándose si la bestia estaba muerta o le habían practicado una vivisección.

Se veía tan... vivo.

Con un escalofrío, Aeric se puso sus boxers y empezó a vestirse. No podía dejar que pasara otra vez, dejar que el dragón saliera, fuera y volviera como le placiera. Ya era sorprendente el hecho de que aún no hubiera sido descubierto y perseguido. Quizás se debía al haberse mantenido viajando de ciudad en ciudad cada noche. Al menos el dragón era listo.

Bueno... el dragón probablemente era más astuto que Aeric, a decir verdad. Aunque eran uno solo, el dragón mantenía una especie de crueldad fría y calculadora, junto con una tenaz persistencia de sus metas, sin consideración por su seguridad o las vidas de los demás.

Por mucho que Aeric deseara los sueños donde ella se aparecía ante él, ya no era suficiente. Dejar que el dragón buscara no era suficiente, ni en lo más mínimo. Necesitaba un conjunto de habilidades especiales que podían encontrarse en un verdadero oráculo, y resultaba que él conocía uno. Gabriel, uno de sus compañeros guardianes, había tomado a un oráculo como su pareja. Aunque Aeric no se ilusionaba con que los Guardianes se alegrarían de verlo tras su extendida ausencia, tras romper efectivamente su contrato con Mere Marie, se estaba quedando sin opciones.

Aeric debía regresar con la reina vudú y arrodillarse, si eso significaba una oportunidad de *encontrarla*. Él haría lo que fuera para...

¿Para qué? ¿Asegurarse de que estuviera a salvo? ¿Refugiarla en su propio escondite seguro? ¿Encerrarla como una hermosa y rara ave?

No soportaba considerarlo. Necesitaba encontrarla primero, y todas las piezas se unirían. Aeric había vivido más de mil años, y ahora había aprendido a dejar que el destino hiciera con él lo que le placiera.

Como decía el dicho, *resistirse era inútil.*

Salió de la habitación y se dirigió a la azotea, listo para ocultarse y tomar vuelo. Él solo podía esperar que el dragón lo guiara, llevándolo por el océano hacia Nueva Orleans.

Por primera vez en incontables siglos, Aeric Drekkon iba a pedir ayuda.

En cuanto descendió sobre Louisiana, Aeric se sorprendió al sentir que su oso se despertaba. El dragón había dejado consciente a Aeric más de lo usual durante todo el viaje. Cuando se acercó a Nueva Orleans, hambriento y cansado, el dragón había dejado suficiente espacio para que el oso saliera a la superficie, solo por un breve instante. A diferencia del dragón, quien funcionaba perfectamente como parte de Aeric, el oso era una forma adquirida, el resultado de un año de estudio bajo la tutela de un mago africano especializado en cambiar de forma.

Sabiendo que su dragón emanaba un aura inconfundible de poder y magia, Aeric había pasado mucho tiempo buscando una buena cobertura para mantener a raya a los entrometidos buscadores de magia. Todos los Kith estaban conscientes de los poderes de otros hasta cierto nivel, esa era la naturaleza de la comunidad mágica. Ser capaz de transformarse en su oso era prueba suficiente para la mayoría de que Aeric podía ser un poderoso *urso,* y eso lo había alejado de varios aprietos cuando el dragón no podía emerger y protegerlo.

Recientemente, Aeric no había liberado a su oso para una buena carrera, mucho menos para cazar. El oso se despertaba cada cierto tiempo, curioso por su pareja, ansioso por lanzarse a un río y atrapar peces y todas las cosas sin sentido que los osos aman hacer.

Aeric intentó calmar al oso, haciéndole saber que estaría con los suyos pronto. Los Guardianes eran en su mayoría ursos, y estaban planeando viajar al país de los Cajunes para dejar que los osos rondaran libres. Aeric realmente atesoraba su oso, una pizca de magia dura de roer que se había arraigado dentro de su personalidad. El oso lo había protegido de quedar expuesto y ser perseguido, y no había pedido nada a cambio. Comparado con el dragón, el oso era realmente dócil.

No obstante, el oso lo había metido en un problema antes. Cuando vio las luces de Nueva Orleans, Aeric recordó su ingreso a los Guardianes Alfa. Había intentado salvar a la chica de una aldea de ser violada y posiblemente asesinada, y ella lo traicionó cuando vio su oso. Los aldeanos llegaron con sus trinches y antorchas, la clásica turba.

Entonces apareció Mere Marie, ofreció salvar su vida, y Aeric no estuvo en posición para rechazar tal oferta. El salto en el tiempo hacia la era moderna fue una sorpresa, pero nada terriblemente incómodo. El dragón podía viajar a través del tiempo, aunque requería una enorme cantidad de poder, por lo cual Aeric solo lo usaba para situaciones de emergencia. Cuando Mere Marie lo reclutó, Aeric creyó que ir hacia el futuro solo podía significar más humanos y más oportunidades para que su verdadera forma fuera descubierta. Él deliberadamente había escogido nunca saltar más allá de su tiempo natural de vida.

Los planes cambiaron, y rápido.

Activando su hechizo de ocultamiento para volverse totalmente invisible, Aeric se acercó a la ciudad. El súper domo lo deslumbró, con sus luces doradas y verdes brillando hacia arriba. Sabía que no toda la tecnología era terrible. Después de todo, él era un ferviente fanático de los Saints de

Nueva Orleans, y veía cada partido en el televisor gigante de la mansión con un placer sin sentido que no había tenido desde que era un niño.

Voló sobre el cementerio principal de St. Louis, tratando de no sobresaltarse. Su más reciente recuerdo de ese lugar era todo menos agradable, fue el momento en que vio a su pareja yaciendo inconsciente en el frío suelo, cautiva de la voluntad de Pere Mal. Él la reconoció a simple vista, y luego estaba su aroma...

Ese aroma a salvia y miel era inconfundible. Lo reconocía de sus sueños y, a veces, hasta pensaba que lo sentía en las horas de la vigilia. Probablemente soñaba despierto, pero aun así lo enloquecía y corría en círculos, alrededor de él, buscando, cuando sentía *su aroma* en la brisa.

Aterrizó en el patio trasero de la mansión con un estruendo, y sacó al exterior a todos los Guardianes en menos de un minuto.

—Y yo pensaba que un gato callejero había saltado las alarmas —dijo Mere Marie, vestida en su usual túnica lavanda, sosteniendo a su aterrador gato mascota Cairn en sus brazos.

—Yo diría que fue otra clase de animal callejero —murmuró Cairn, y recibió una mirada fulminante de Aeric.

—¿Dónde demonios habías estado? —preguntó Gabriel, con un brazo rodeando a su pareja. Aparentemente Cassie estaba embarazada ahora y con una mano rodeaba su vientre con gesto protector.

—Gabe, sé amable —regañó Cassie.

—Sí, claro, lo entiendo —Aeric se dirigió a Rhys con un ademán—. ¿Y qué hace Asher todavía aquí?

—Haciendo tu trabajo, de hecho —dijo Rhys. El gran escocés cruzó sus brazos, con su expresión llena de impaciencia—. Ella es su pareja, Kira, en caso de que hayas decidido no preguntar. Por lo que recuerdo, no eres de los que suelen hablar de más.

Mere Marie levantó una mano, callando a los Guardianes, pero la pareja de Rhys, Echo, no parecía importarle.

—Me alegro de que volvieras —dijo Echo, dándole una sonrisa—. Rhys necesita más tiempo libre. Llevo años sin poder salir con él.

Asher y su pareja parecían estar conteniendo una risa compartida, y Mere Marie bufó.

—¿Entonces? ¿Tienes algo que decir? —demandó.

—He estado buscando a la chica del cementerio —dijo Aeric, manteniendo deliberadamente su reacción casual.

—¿Hablas de tu pareja? —preguntó Cassie, y luego presionó sus dedos contra sus labios. La expresión sorprendida de Aeric hizo que ella frunciera el ceño—. Perdón, no era mi intención revelar nada. Solo he estado recibiendo visiones aquí y allá estos días.

Ella acarició su vientre y dio un gesto de disculpa.

—¿La has visto? —preguntó Aeric, dejando de lado su actitud fría en un instante.

—Alice —intervino Echo—. Su nombre es Alice. Cassie la conoce.

Algo dio vueltas en el pecho de Aeric. *Alice*. Perfecto.

—Es solo... no estoy tomándola como mi pareja, pero necesito saber que está a salvo —dijo Aeric, con un cambio drástico de tono—. No puedo quedarme tranquilo hasta saber que fue liberada de Pere Mal, y ya agoté todas mis otras opciones.

—Deberías entrar a la mansión —dijo Kira, agitando su nariz—. Hablando de agotado, te ves como tal. Entra y lo resolveremos ¿te parece?

Mere Marie chasqueó su lengua, se dio la vuelta y entró primero; el resto del grupo la siguió, dejando a Gabriel y

Aeric de últimos. Gabriel le dio unas palmadas en el brazo a Aeric.

—Sabía que volverías —dijo el británico con una sonrisa —. Nunca lo dudé.

Aeric arqueó una ceja y lo siguió, contento. Por su parte, él no había estado seguro de nada en el mundo.

Si un hombre como él podría decir que tenía amigos, supuso que los suyos serían jodidamente leales.

2

—Despierta, Aeric.

Los ojos de Aeric se abrieron de golpe. Asher estaba de pie a unos metros, caminando de un lado a otro, lleno de una energía inagotable.

—¿Qué hora es? —preguntó Aeric. Cualquiera pensaría que parte del poder y misticismo de ser un dragón podría incluir no sufrir cansancio por los viajes a través de todo el globo, pero no era así. En ese momento, todo lo que Aeric realmente quería era dormir por otros dos o tres días, para recuperar unos meses de noches sin sueño.

—Solo has dormido seis horas, pero Mere Marie consiguió una pista sobre la localización de Alice y... —Asher continuó, pero Aeric perdió el hilo de la conversación mientras se levantaba y se ponía una camisa.

Alice. Era más que suficiente.

—¿Dónde está? —preguntó Aeric mientras se ponía sus botas, cortando la historia de Asher.

—Pere Mal tiene una bóveda escondida en un restaurante al este de Nueva Orleans —dijo Asher, ignorando la falta de modales de Aeric—. No estamos seguros de a qué nos enfrentaríamos, para ser sincero. Hemos preparado una lista de escenarios.

—¿Cuándo saldremos? —preguntó Aeric, siguiendo a Asher hacia el pasillo y bajando la gran escalera.

—Rhys y Gabriel se están preparando en el gimnasio. Tan pronto estemos armados y listos, partiremos. Mere Marie vendrá con nosotros para eliminar la protección de la bóveda, y Duverjay la cuidará mientras ingresamos.

Aeric asintió, trotando por el primer piso de la mansión hacia el patio trasero, en medio del anochecer. Quedó boquiabierto por un momento cuando vio a Mere Marie vestida en una versión miniatura del equipo táctico negro que usaban los Guardianes: Chaleco antibalas, pantalones con muchos bolsillos y botas pesadas. Incluso llevaba un arma de fuego en su cintura, aunque había evitado las espadas y katanas que Rhys y los otros guardianes solían llevar.

Captando su expresión, Mere Marie sonrió y cruzó sus brazos.

—¿Qué? Las mujeres pueden ir de misión también, y lo sabes.

Aeric levantó una mano, incapaz de discutir con Mere Marie. La bruja tenía una lengua más afilada que cualquier espada, y lo que menos querría sería rechazar a una poderosa aliada. Él confiaba en ella para esta misión, que era lo que necesitaba para el momento.

—Apresúrense —gruñó Rhys, luciendo como si llevara pocas horas de sueño.

Asher y Aeric se equiparon en tiempo récord, todo el grupo ya estaba preparado y armado hasta los dientes. Se montaron en una van azul oxidada y sin ventanas que decía Lavado en Seco de Tran por un lado, con Duverjay al volante. El viaje al este de Nueva Orleans fue tenso, pero piadosamente breve, luego Duverjay estacionó frente a un viejo edificio de ladrillos con el nombre Comida Marina Cajun escrito en un letrero metálico blanco.

Mere Marie chasqueó su lengua ante el estado del lugar, luego sacó una varita de su bolsillo. Cerrando sus ojos y entonando una pequeña serie de palabras aparentemente francesas, empezó a eliminar las barreras del lugar.

—Nos quedaremos aquí —les informó Duverjay, quitando una mota de su traje. Incluso en esta misión seria y potencialmente peligrosa, el mayordomo seguía usando su palto.

—Muy bien —dijo Rhys—. Vamos como lo planeamos ¿entendido?

Gabriel deslizó la puerta lateral de la van y todos rodaron, golpeando el pavimento y corriendo hacia la puerta frontal. Con la espalda contra la pared, siguieron a Rhys mientras él permanecía quieto y escuchaba con atención.

—Está vacío —le susurró al grupo—. Tampoco hay guardias. Seguramente contaban con mover la bóveda con regularidad. Tiene sentido, ya que hemos desmantelado varios de sus escondites de alto perfil recientemente.

A la señal de Rhys, Aeric derribó la desgastada puerta de metal. Prácticamente colgaba de la bisagra más alta, y una simple patada la mandó a volar. Aeric se adelantó, consciente de que era el único guardián sin mucho que perder, ya que los otros vivían felices con sus parejas.

No había peligro dentro. El lugar había sido una clase de abasto y venta de comida rápida, pero las alacenas ya estaban vacías, y todo el lugar lucía notablemente limpio. Al fondo, justo donde servían la comida detrás de una barra de fórmica, había un ligero destello gris que llevaba a la típica vía de escape. A menos de metro y medio de distancia, el resplandor atrajo a Aeric como si fuera un imán.

Alice.

Tenía su nombre en la punta de su lengua mientras seguía

adelante, apenas capaz de esperar a que los otros guardianes se acercaran antes de pasar por el portal. Hubo un breve momento de caída libre antes de que Aeric pisara un mundo blanco deslumbrante, lleno de nieve, hielo y luz. Tres guardias sorprendidos se lanzaron contra los Guardianes, y dos de ellos vieron su final al filo de la espada de Aeric antes de que él exhalara otra vez. Gabriel mandó a volar al tercer guardia, forzándolo a caer boca abajo en la nieve en lugar de matarlo.

Aeric no le pudo importar menos. A unos pasos había un abedul alto y blanco, y bajo este yacía un pedestal de piedra con un orbe de vidrio. Mientras se acercaba, Aeric se dio cuenta de que se trataba de un ataúd, no hecho de vidrio sino de fino hielo. Dentro del cristal, como una mariposa cautiva por el tiempo, se encontraba Alice inerte. Su pequeña figura estaba envuelta en una toga color blanco lechoso, sus manos cruzadas sobre su estómago y sus ojos cerrados en una pacífica expresión.

—¡No! —salió de la garganta de Aeric mientras se acercaba a ella. Cuando estuvo lo suficientemente cerca para mirarla, se inclinó. Siempre tan suave, tan sutil que casi no se notaba, eran las nubes de aliento que pasaban por su nariz. Cada aliento, tortuosamente lento, formaba cientos de pequeños copos de nieve en el aire. Al instante se desvanecían, esperando el siguiente aliento.

—Aeric… —Gabriel trató de advertirle, pero Aeric ya había lanzado su puño contra el ataúd congelado.

El hielo era sorprendentemente resistente; una delgada red de grietas salió del lugar donde impactó su puño. Mientras miraba, miles de pequeñas líneas cruzaron sobre la piel de Alice, fragmentos de plata que mandaron un alarmante escalofrío por la espalda de Aeric.

—¡Detente! —dijo Gabriel finalmente, apartando a Aeric

medio paso—. Es un hechizo. No puedes romperlo físicamente.

Rhys y Asher los rodearon, manteniendo un ojo sobre el paisaje nevado a su alrededor.

—¿Cómo la libero? —preguntó Aeric, con el pánico brotando de su pecho. Tenerla tan cerca, a solo unos centímetros de su toque, lo mataba por dentro.

—Hay una inscripción —dijo Gabriel. Se acercó y tocó un punto en la tapa del ataúd, haciendo que una serie de grabados mágicos brillaran en el hielo—. Maldición, nunca fui bueno con el abismal antiguo...

Gabriel pasó sus dedos sobre las palabras, entrecerrando sus ojos.

—Ah... es un hechizo de energía. ¿Sabes qué clase de magia tiene ella? —preguntó Gabriel, levantando la mirada.

—No —admitió Aeric—. Puedo sentir su aura, algo oscuro y potente... pero nada más que eso.

—Como sea, Pere Mal se alimenta de ella. Eso es lo que hace el hechizo, la contiene y drena su magia. Puedo sentir su inquietud —dijo Gabriel, pasando sus manos por cada parte encima del ataúd, y su boca se fijó en una línea lúgubre—. Creo que ella está intentando escapar. ¿Quizás sienta tu presencia?

—Los sueños... —murmuró Aeric.

—¿Disculpa?

—Ella viene a mí en mis sueños, pero no puede hablar, no puede hacer otra cosa más que recrear el mismo escenario una y otra vez.

—En tus sueños, ¿ella te dice algo? Quizás un gesto... —preguntó Gabriel, pero Aeric estaba dos pasos delante de él.

—Sangre —dijo Aeric, pensando en los sueños—. Ella robaba sangre.

Desenfundando su espada, Aeric uso la base del filo para hacer un delgado corte en su palma. El rojo vivo salpicó y goteó sobre la cubierta del gélido ataúd. La sangre se adhirió y se dispersó en un parpadeo, derritiendo el hielo, pero dejando a su prisionera intacta.

En el momento en que se derritió lo suficiente para que pudieran sacarla de esa prisión, Aeric tomó a Alice en sus brazos. Sus ojos se abrieron, dejando ver las almendras más brillantes imaginables, cerca del color verde suave y tierra fresca. Cuando sus largas pestañas se levantaron y sus miradas se conectaron, algo muy dentro de Aeric se retorció de dolor.

"Es mía", pensó.

Por primera vez en su vida, hombre, oso y dragón estaban en perfecta armonía.

Los labios de Alice se abrieron mientras tomaba aire, sorprendida y cariñosa. Sus mejillas se tornaron rosadas mientras que sus brazos se deslizaron alrededor del cuello de Aeric, buscando su rostro con su mirada.

—Alice —dijo.

—Me encontraste —suspiró.

Entonces ella llevó su boca hacia la de él, buscando tomarlo con sus labios. Aeric no se pudo contener, y la besó con fuerza, gruñendo ante su sabor. Era como néctar, mil veces mejor que cualquier cosa que pudo haber imaginado. Sus labios se movieron sobre los suyos, y las puntas de sus dedos presionaron su nuca mientras se mantenía colgada a él.

"Mi pareja".

Ante las atronadoras llamadas de su oso y su dragón, Aeric finalmente soltó sus labios y retrocedió un centímetro, mirando sus enormes y oscuros ojos. Sintió el peso de las miradas de los demás a sus espaldas y deseó nada más que estar solo con ella, pero primero necesitaba llevarla a un lugar seguro.

—Pronto —prometió, y para su sorpresa, ella asintió.

Como si lo entendiera perfectamente. Como si dos perfectos extraños estuvieran en total sincronía.

Fuera lo que fuera Alice para él, Aeric entendió una cosa: Se había negado su compañía por mucho tiempo y no necesitaba tomar ningún otro riesgo ahora.

—Vamos a casa —le dijo por encima del hombro a Gabriel.

Rhys y Asher se acercaron a su lado y lo siguieron hacia la vía de escape, listos para defender a Alice a toda costa. Su defensa era pura lealtad y honor, justo como lo había sido la de Aeric mientras protegían sus respectivas parejas.

Con todo eso, Aeric podía realmente apreciar su ayuda. Por primera vez en su vida, tenía algo que valía la pena proteger.

3

Su guardián finalmente había llegado.

Aunque ella era una inmortal que había visto miles de amaneceres y atardeceres, Alice había tenido un día diferente a cualquier otro. Por meses, todo lo que había tenido eran sueños... sueños sobre *él*, sueños sobre su madre Tisífone, sueños sobre su antiguo hogar en Erebus. Ella había dormido en esa prisión por mucho tiempo, y su propia conciencia se había desvanecido hasta que lo único que reconocía eran sus sueños y su latido, lento, vago y continuo.

Luego volvió el aire a sus pulmones una vez más, y el calor corrió por sus venas. Un par de brazos fuertes la levantaron. Ella abrió sus ojos...

...y ahí estaba *él*.

Cabello rubio ondulado, lo bastante largo para que lo atara en su nuca. Ojos azules penetrantes del color de una mañana de invierno. Mejillas bien definidas, una boca pecaminosa, cejas que hacían que su mirada luciera más intensa. Una especie de brillo dorado irradiaba de su piel, un bronceado que los humanos de la era moderna envidiarían, aunque Alice sabía la verdad. Era su aura, su dragón, su poder lo que lo hacía brillar.

Luego ella presionó sus labios contra los de él, concretando una vida de fantasías. Era simplemente el mejor momento que había experimentado hasta la fecha, el besarlo. Escuchar su nombre salir de sus labios. Dejar que él la abrazara fuerte de camino a su casa, un enorme edificio que llamó "la mansión".

Alice ya sabía todo acerca de la mansión, desde que había estado vigilando a escondidas a Aeric por siglos. Ella lo había perdido después de que le había puesto la maldición del dragón, pero lo volvió a encontrar cuando la bruja vudú Mere Marie usó un hechizo para enviar a Aeric a través del tiempo y el espacio, que lo llevó a Nueva Orleans. Un hechizo así tomaba una endemoniada cantidad de poder y era imposible de ocultar. Por suerte para Alice, había estado vigilante ante esa clase de cosas.

Y ahora estaba frente a ella, en carne y hueso.

Tenía la misma edad que él, y Alice había probado varias drogas con el paso de las eras, buscando algo de calor en las noches más frías. La gente de su madre, los griegos, especialmente amaban las drogas y las bebidas, y usualmente tomaban hidromiel mezclada con amapola. La euforia era dulce, pero breve, aunque Alice podía entender por qué la gente se apegaba a tal vicio...

Nada de eso se comparaba al sentimiento de, por fin, tocar a su dragón. Ella entrelazó sus dedos con los de él y lo miró con atrevimiento, inhalando bocanadas de su aroma. Él olía a calor y especias, ámbar y mirra y miles de cosas exóticas y desconocidas que la excitaban por dentro. Justo donde sus dedos presionaban su piel, ella pensó que casi podía sentir una corriente eléctrica correr entre ellos, el inicio de algo nuevo, tenue pero aterradoramente fuerte.

El viaje en coche fue callado. Alice podía sentir que Aeric

tenía mucho que decir, pero se quedó mirando a los otros hombres en el vehículo como si no pudiera decirlo. Mientras se estuvieran tocando, parecía no haber necesidad de hablar, de explicarse; ella podía sentir que él estaba tan nervioso y excitado como ella, pero él parecía mantener el control al respecto.

La boca de Alice se arqueó hacia abajo cuando se dio cuenta de que él podía sentirse más calmado que ella. Él había encontrado a su alma gemela, un giro de eventos emocionante. Para Alice, era mucho más: la señal de que sus últimos días se acercaban. Para las Furias, la llegada de la propia alma gemela anunciaba el acto final de sus longevas vidas.

Alice había retrasado lo inevitable una vez, convirtiéndolo en dragón en lugar de matarlo, rehusándose a presentarse ante él sin importar cuánto la llamara en su corazón. Pero ahora, al parecer, Alice podía hacer las paces con lo inevitable, con el destino pisándole los talones.

Miró a Aeric mientras el vehículo pasaba por una hermosa calle alineada con enormes y viejos robles, cada uno cubierto de moho. Las casas aquí eran grandes, remitían a los antiguos terratenientes que habían llegado para fundar la ciudad de Nueva Orleans. Alice pensó que la ciudad hizo un hermoso trasfondo para Aeric, apropiadamente dramático para un hombre que casi medía dos metros de amenaza cubierta de pura sensualidad.

Cuando llegaron al edificio de ladrillos de varias plazas donde vivían los Guardianes, todos salieron de la camioneta negra. Alice tomó la mano de Aeric, y lo mantuvo unos pasos atrás mientras que los otros guardianes seguían al frente.

—No hay nada que temer —dijo Aeric, con una vibración en su voz que le daba escalofríos a Alice—. Aquí es donde vivo, junto con los otros hombre que te salvaron. Te contaré todo sobre los Guardianes en un momento.

Él apretó sus dedos, haciendo que el corazón de Alice saltara con locura y su lengua se enredara en su boca.

—¿Cuándo podremos hablar en privado? —preguntó, con sus mejillas tornándose rojas. Ella había tomado el puro sabor de sus labios en la prisión de Pere Mal, y estaba desesperada por más—. Tengo información sobre Pere Mal.

Aeric arqueó una ceja.

—¿Cómo sabes que los Guardianes estamos persiguiendo a Pere Mal? —preguntó, curioso.

—Solía tener toda mi información de Cassie, antes de que fuera liberada. Luego cuando Pere Mal puso su hechizo de sueño en mí. —Tomó una pausa, temblando—. Soñé contigo. Te seguí por todo el mundo, vi volar a tu dragón.

La expresión de Aeric fue indescriptible por un momento. Apretó sus dedos de nuevo, dándole a su cabeza una suave sacudida.

—Necesitaremos reunirnos con todo el equipo, realizar el informe y que nos des tanta información como puedas. Quisiera que no les dijeras a los demás sobre... —Hizo una pausa, parpadeando rápido—. Los sueños.

Alice sintió que sus labios esbozaron una sonrisa. Su dragón era muy reservado.

—Claro —dijo, inclinando su cabeza.

—Déjame presentarte al grupo entonces. Y vamos a conseguirte una vestimenta más modesta —dijo, mirando la delgada tela que llevaba puesta.

Alice se sonrojó de nuevo, pero más de placer que de vergüenza. Había vivido en ese cuerpo lo bastante para querer esconderlo, pero le gustaba que Aeric quisiera tenerla cubierta. Había algo sensual en un hombre que deseaba aquello que ya le pertenecía.

La mansión en sí era hermosa, una verdadera obra de arte con un diseño impecable. El vestíbulo contaba con un espacio abierto de varios pisos, decorado con un deslumbrante candelabro de cristal. Alice siguió a Aeric por la entrada hacia una enorme sala común dividida en una cocina, un estar y un espacio de reuniones tipo oficina con una gran mesa de madera de roble.

Un rostro familiar esperaba a Alice allí.

—¡Cassie! —gritó, mirando la notable cabellera roja brillante de su amiga.

—¡Oh, Alice! —dijo Cassie, lanzándose contra Alice. Alice la atrapó, y luego retrocedió con sorpresa cuando sintió la redonda barriga de su amiga.

—¿Estás...? —dijo, boquiabierta.

Cassie se sonrojó y asintió con una carcajada.

—Sí. Una pequeña niña, un oráculo igual a mí. —La sonrisa de Cassie era irresistible.

—¡Sorprendente! Me alegra verte a salvo. No podía encontrarte con mi espejo adivinador —confesó Alice.

—He visto poco de ti aquí y allá, pero no lo suficiente para encontrarte. Lamento eso —dijo Cassie, con lágrimas en los ojos—. Oh, y estoy un poco sensible últimamente, como podrás ver.

—No te preocupes —le reprendió Alice—. Todo salió como debía ser. Después de todo, aquí estoy.

Cassie le dio una risa aguada y asintió. Ella miró donde estaban Aeric y Rhys de pie hablando en voz baja. Cassie arqueó una ceja, obviamente con curiosidad.

—Sé casi tanto como tú —suspiró Alice—. Quiero decir... bueno... sé que él ha existido por años, pero no lo conozco.

Se sonrojó un poco ante el recuerdo de la única forma en que lo conocía, a través de una larga serie de sueños muy gráficos y sensuales que ocurrían en un lugar en el que nunca había estado, con un hombre que no había tocado sino hasta hoy...

—¡Estás enamorada! —declaró Cassie en un susurro, luciendo escandalizada.

—Yo... Bueno... —Alice no estaba segura de qué responder.

—Toma —interrumpió Aeric, apareciendo con una manta de lana que puso sobre los hombros de Alice—. Iniciaremos la reunión ya mismo, creo.

—Nos pondremos al tanto después —dijo Cassie, lanzándole a Alice una mirada significativa antes de acercarse a un hombre alto de cabello oscuro, que le dio un beso en la mano.

—Gabriel —dijo el hombre levantando la mano para que Alice le diera un apretón de saludo. Alice lo miró, con todo el pelo de sus brazos erizándose ante el mero contacto con él. El hombre era un poderoso mago, eso era seguro.

—Encantada de conocerte —dijo Alice, sonriendo ante la forma en que él le cedió un asiento a Cassie en la mesa, con pura caballerosidad y preocupación. Alice lo aprobó de inmediato; Cassie merecía esa clase de trato después de su duradero y solitario confinamiento con Pere Mal.

Algo que Alice entendió muy bien. Para su sorpresa, Aeric imitó el gesto de Gabriel, acomodando el asiento de Alice para asegurarse de que estuviera cómoda. Ella pestañeó mientras él invitaba a los demás a tomar asiento alrededor de la mesa, presentando a los Guardianes y sus parejas.

—Él es Rhys y su pareja Echo. Ya conoces a Cassie y a Gabriel. Con Asher y Kira hemos nombrado a todos los Guardianes y sus parejas. Y por última, pero no menos importante —dijo Aeric, señalando a la sacerdotisa vudú de rostro estoico que se había sentado en la silla principal de la mesa—. Mere Marie.

—Ya nos conocimos —dijo Mere Marie con amargura, frunciendo sus labios—. Fue breve, pero memorable.

Así que Mere Marie recordaba la última vez que sus caminos se habían cruzado, cerca de la fecha de la Adquisición de Louisiana.

—En realidad —aprobó Alice, inclinando su cabeza sin mucha elegancia cuando Aeric arqueó una ceja.

—Muy bien, ahora que nos presentamos —dijo Rhys, dejando atrás ese momento—. Creo que Alice puede brindar algo de información sobre Pere Mal, aparte de la que tenemos. No sé ustedes, pero quisiera clavar su trasero en un muro, y pienso que este podría ser nuestro golpe de suerte.

Todas las miradas se giraron a Alice, y ella mordió su labio.

—Bueno, no hemos tenido contacto por un tiempo, pero puedo decirles con certeza de que la meta de Pere Mal cambió en los últimos días. Decidió ignorar la búsqueda de las Tres Luces, ya que los Guardianes están... bueno, en posesión de ellas, o al menos eso es lo que piensa.

Alice consideró la volteada de ojos y gruñidos de Echo, Cassie y Kira.

—Entonces, ¿qué buscará ahora? —preguntó Gabriel, colocando los brazos sobre la mesa y mirando a Alice con interés.

—Tiene una bruja exótica trabajando para él, una adivina yoruba. Ella lo ha estado guiando a través de montones y montones de profecías que Cassie le dio, ordenando las importantes para él en un futuro cercano. Ellos habían sacado una lista de nombres, por así decirlo, pero no saben qué significan aún. O quizás entienden algunos, pero no lo suficiente como para actuar con esa información.

—¿Puedo saber alguna razón por la cual Pere Mal cambió de objetivo tan de repente? —preguntó la pareja de Rhys, Echo—. Siempre parece haber un plan dentro de su locura, pero esta vez no veo ninguno.

Alice dudó, mirando a Mere Marie, preguntándose qué tanto podría decir, qué tanto sabía la bruja blanca y qué tanto les ocultaba a sus empleados.

—¿Qué tanto saben de la motivación de Pere Mal? —

preguntó al grupo, tratando de encontrar el balance correcto. Muchos secretos serán revelados, a su debido tiempo. Con Aeric, ella sentía que podía contarlo todo, pero los otros seguían siendo desconocidos.

—Poder —dijo Rhys—. Quiere controlar la ciudad, quizás más.

—Está interesado en usar sus espíritus ancestrales para aumentar su poder e influencia —dijo Gabriel.

Alice miró a Cassie, cuyos labios estaban fruncidos, pensando.

—Él quiere todo eso, es cierto. Cree que si juega bien sus cartas, podrá llegar a la cima, sin importar qué tan peligrosos sean los riesgos. —Alice mordió su labio—. Parece que él no está moviendo los hilos. Él está actuando en función de sus mejores intereses, pero tiene un... no estoy segura si *jefe* sea la palabra adecuada. Un maestro es lo más cercano, creo.

El silencio reinó por varios segundos. Las expresiones de Mere Marie y Cassie se tornaron en ceños fruncidos de sorpresa, y Alice se dio cuenta de que ninguna mujer tenía una imagen actualizada o completa de la situación de Pere Mal.

—¿Así que estás diciendo que... él le *sirve* a alguien más en este momento? —preguntó Gabriel, con un dedo clavado en la mesa para enfatizar.

—Es correcto —dijo Alice asintiendo.

—¿Desde cuándo? —preguntó Mere Marie, con un tono tan tajante como vidrio roto.

—No estoy segura. Creo que contactó a varias... entidades... fuera del reino mortal. Algunas dentro de su alcance, como sus espíritus ancestrales. Y unas fuerzas... mucho más grandes. En algún momento, pendiendo de un hilo, se cayó y perdió su concentración.

—¿Cómo puedes saber todo esto? —dijo Mere Marie de

golpe. Alice vio un momento de total preocupación en los ojos de la bruja, lo que la sorprendió.

—Lo he visto consultar con la criatura. Él me ha usado como agente para hacer lo que desea la criatura de vez en cuando. En una de esas veces, perdió el control y la criatura entró al reino mortal usando un recipiente humano. Fue algo... —Alice tembló—. Desagradable para soportarlo.

Una vez más, silencio. Todos parecían asimilar la información. Asher reaccionó primero, y lucía menos afectado que el resto. Alice no lo conocía, pero tenía el aspecto de un exmilitar, un soldado que hablaba con los puños y que cuando los recibía, golpeaba más fuerte. Ella apostaba a que necesitaría mucho más que eso para derribar a Aeric.

—No sabes de quién se trata ¿verdad? —preguntó Asher.

—No.

—¿Puedes decirnos a quién busca entonces? —presionó Asher.

—Él borró ese recuerdo de mí justo después de que ocurrió —dijo Alice.

Aeric hizo un sonido bajo con su garganta, y Alice se acercó para tomar su mano bajo la mesa. Ese simple contacto la animó.

—Ah —dijo Cassie, asintiendo—. ¿Quieres que lo vuelva a traer por ti?

Alice esbozó una sonrisa ante la forma en que su amiga sabía a dónde quería llegar con esto. Los demás se veían algo perplejos.

—El oráculo tiene varios usos. —Fue la respuesta de Cassie para bajar sus cejas arqueadas.

Se acercó y le pidió la mano a Alice. Alice soltó los dedos de Aeric, ya que no quería mezclar sus recuerdos con los de ella en la mente de Cassie. Los oráculos trabajaban de formas misteriosas. Ella tomó la mano de Cassie y esperó. Cassie, por otra parte, entrecerró sus ojos y tarareó suavemente. Tras unos momentos, Cassie sonrió.

—Kieran Kellan... ¿y Ephraim? —dijo, pronunciando el último como *ef-rem*, en un acento suave y extranjero. —No estoy segura de si eso es un solo nombre o dos, pero logré echar un vistazo al hombre que busca Pere Mal. Es toda una celebridad... y es *muy* apuesto.

Ante un suave gruñido de Gabriel, Cassie soltó la mano de Alice haciendo un gesto de disculpa a su pareja.

—Yo no hago las profecías —respondió con amargura—. Solo las cuento justo como son.

—Creo que es suficiente por ahora —dijo Gabriel con el ceño fruncido—. Tienes que descansar.

Cassie blanqueó los ojos, parecía más divertida que molesta.

—Alice, he estado despierta desde la madrugada con la bebé pateando como loca, por lo que creo que le haré caso. Hablaremos después, ¿vale?

Alice se levantó y abrazó a su amiga mientras el grupo se abría, todos se iban en parejas, ordenadamente, a excepción de Mere Marie. La bruja se levantó con una expresión decidida en su rostro, haciendo que Alice se sintiera contenta de no ser el recipiente de la atención de Mere Marie.

Al final, los únicos ocupantes eran Alice, Aeric y un gato negro de aspecto engañoso. Alice se movió para mirar a Aeric, quien parecía tener una clase de conflicto interno. Sus manos estaban apretadas, su posición tensa, su quijada firme.

En un instante, Alice entendió. Los dragones eran criaturas solitarias, y aún así le presentaron otra persona que llamó su interés. Cada toque, cada mirada que sacaba chispas entre ellos, hacía innegable su química. Pero como la criatura reservada que era, Aeric podría preferir explorar en sus fantasías y mantenerse lejos, a salvo. Alice no sabía mucho sobre dragones tomando parejas, pero imaginó que era algo que no debía tomarse a la ligera. Si él había logrado sobrevivir sin ataduras personales, tenía sentido que podría rechazar cambiarlo.

—Aeric —dijo ella acercándose para tomar su mano.

Él arqueó una ceja, con una expresión tan suave como la brisa.

—No tenemos que tomar decisiones ni hacer nada drástico —dijo Alice, mostrándose tan simple como podía—. Solo llévame a la cama.

Sus ojos centellaron con chispas doradas, cual dragón y hombre atrapados en un remolino de deseos.

—¿Estás segura? —preguntó, presionando sus puños, tan fuerte que sus nudillos se tornaron blancos.

—Es lo único de lo que estoy segura —dijo Alice con una dulce sonrisa.

Era más cierto de lo que podía imaginar; sabiendo que sería el final de su vida, no quería nada más que estar cerca del hombre que había deseado por varios siglos. Al estar tan cerca de ella, sus ojos brillaron con deseo, un músculo hizo tic en su quijada, y Aeric mostró mucha más tentación de la que ella podía soportar. A este punto, ¿qué razón tendría Alice para resistirse?

Alice tomó sus dedos y él dudó. Aeric la tomó en sus brazos, con todo su calor y sus firmes músculos bajo la punta de sus dedos. Él presionó sus labios sobre los de ella, y la besó profundamente. Cuando se apartaron, sin aliento, él le dio una sonrisa burlona.

—Ven —dijo, llevándola al vestíbulo.

Alice fue, ansiosa por descubrir la pequeña comodidad de su último y más significativo capítulo.

4

Aeric fue sacudido por completo mientras llevaba a Alice a su dormitorio. Sus pasos se hicieron más lentos a mitad del camino mientras contemplaba su impecable cama tamaño King. Un pesado momento de sensatez lo sacó de las fantasías que inundaban su cerebro. Sin embargo, las fantasías ganaron, porque...

Ella estaba ahí. Justo ahí, en su cuarto, mirándolo con ojos abiertos de par en par, mordiéndose el labio mientras tomaba asiento en el borde de la cama y lanzaba el manto que cubría sus hombros. Esto no era un sueño, era un gran paso lejos de la soledad y el silencio que dominaban la vida de Aeric.

Alice soltó su largo cabello oscuro por encima de un hombro e hizo una seña para que se acercara, Aeric solo podía hacer lo que ella le pidiera. Se ubicó entre sus rodillas, inclinándose para besarla rápido y con fuerza, y puso una enorme mano en su espalda para traer el cuerpo de Alice hacia él.

Esto. Dios, su sabor… La sensación de sus sensuales labios sobre los suyos, su lengua bailando atrevidamente, los dulces sonidos que hacía cuando su mano libre se acoplaba a su pecho a través de la fina tela que llevaba puesta...

Alice era demasiado, lo sobrecargaba, lo hacía arder por dentro. Todo parecía pasar velozmente, sus alientos se agitaban con rapidez, sus manos recorrían cada centímetro del cuerpo del otro, hambrientos y deseosos. Los labios de Aeric tocaron sus cejas, el borde de su quijada, la suave piel de su cuello bajo su oreja. Él le quitó su vestido mientras ella apartaba su chaleco, franela y pantalones, para quitarle cada capa y dejarlo desnudo.

Entonces quedaron piel sobre piel, boca sobre boca, compartiendo cada suspiro. Había un ritmo persistente con cada toque, en la agitación de sus cuerpos, mientras Aeric la recostaba en la cama, acomodando su enorme cuerpo sobre su pequeña figura, para apreciar su pura suavidad. Todo pensamiento voló cuando Alice tomó su pene y lo guio hasta su entrada; él no pudo resistirse ni aunque quisiera.

Cuando penetró su ansioso calor, fue una bienvenida que nunca pudo haber esperado. Alice gritó, abrazándolo fuerte y susurrando palabras de ánimo. Se movió con él, llevándolo más y más profundo, con sus firmes senos presionando su pecho y sus uñas rasgando sus costados. Fue fuerte, sin palabras y lleno de emoción, pues con cada segundo Aeric se sentía rebosante y embriagado de alegría.

Alice se tensó en él y se liberó con una aguda explosión de energía, trayendo la liberación de Aeric a su cuerpo, sin aviso. Él la marcó, sus dientes consiguieron entrar en la suave carne de su cuello, y el dragón, el oso y el hombre entraron en frenesí, sacudiéndose con la fuerza del deseo. Su sangre hervía del placer, por su liberación y por sentirla bajo su cuerpo, sabiendo que ella *le pertenecía,* a él y solo a él.

Esa sensación, la posesión, la forma en que Alice se sentía *bien* para él... nunca la había experimentado en su vida. Si bien se había acostado con muchas mujeres, incluso había amado a unas pocas en su larga existencia, hasta ahora jamás había experimentado un momento de unión tan puro e inquebrantable. Eso lo asustó mientras su corazón volaba, enredándolo hasta casi no poder respirar.

Aeric colapsó a su lado, acercó a Alice a su cuerpo y besó su cuello escuchando el ronroneo de su respiración. Iba más lento mientras ella se hundía en sus brazos, y sintió como si un enorme globo se inflara en su pecho, una nueva clase de tensión que lo hizo preocuparse y excitarse al mismo tiempo.

Él se quedó ahí, inhalando su adictivo aroma, pero su mente empezó a dar vueltas. Alice se movió tras un momento, presionando sus labios en su quijada, murmurando algo.

—¿Qué ocurre?— preguntó Aeric, mostrando una sonrisa mientras quitaba el cabello de Alice de su rostro.

—Valió la pena esperar —dijo, con la misma sonrisa satisfactoria en su rostro.

—¿A qué te refieres con "esperar"? ¿Ya sabías sobre mí? —preguntó Aeric.

Alice se echó a reír.

—Sí.

—Te refieres a los sueños, ¿verdad?

Ella negó con la cabeza.

—No. Hay mucho que no hemos discutido aún, mi dragón. Mi especie conoce a su alma gemela muy temprano en la vida. —Su expresión se ensombreció un poco, luego suspiró—. Temo que nada bueno le espera a una furia cuando toma una pareja.

Aeric retrocedió un poco, mirándola con intensidad.

—¿A qué te refieres? —preguntó.

—Se supone que debemos matar a nuestras almas gemelas, pero desde luego no lo hice contigo. Entonces viví mi vida, la disfruté, pero sabía que nos encontraríamos eventualmente...

Aeric frunció el ceño.

—Lo que dices no tiene sentido.

Alice puso una cara seria.

—Bueno... para las Furias... nuestras parejas traerán el final de nuestras vidas. Siempre, sin excepción.

La boca de Aeric se abrió de perplejidad, pero ninguna palabra salió.

—Tú... yo... ¿Qué? —Fue todo lo que pudo decir.

—Tú causarás mi muerte —le dijo, tan calmada como siempre.

—Tú no vas a *morir* —le gruñó Aeric—. Te acabo de encontrar. De ninguna forma voy a dejar que algo te suceda ahora.

Alice le dio la más dulce de las sonrisas y un beso en los labios.

—Eres dulce —le dijo, hundiéndose entre sus brazos con un suspiro contento—. Me alegra no haberte matado.

Aeric quería sacudirla, hacerla hablar con él, acordar que su declaración de muerte no tenía sentido. Alice, quien no lucía del todo preocupada por ello, entró en un sueño liviano, aun cuando Aeric seguía luchando por entender sus palabras.

¿Cuándo podía haberlo matado? ¿Desde hacía cuánto ella lo conocía, exactamente? Y ese asunto sobre su muerte... Para mortificarse más, Aeric no pudo encontrar ni una pizca de información útil sobre las Furias en su mente. Eran griegas y era básicamente todo lo que sabía.

Sintiéndose mal del estómago, se quedó acostado ahí y abrazó a Alice mientras dormía. Su vida era una montaña rusa, con repentinos altos y bajos tan rápidos que no estaba seguro de si su corazón podría manejarlo. Intentó calmar sus apresurados pensamientos, dejando pequeñas piezas que pudiera manejar.

Alice era maravillosa, sorprendente y mágica. No había

por qué negarlo. Aún así, apenas la conocía, más allá de sus silenciosas reuniones en sueños. Era tan adorable, brillante y polifacética que Aeric encontró, más que nada, que quería saber todo lo concerniente a ella. Tomaría tiempo, pero no la dejaría ir a ningún lado.

En cuanto a su insistencia sobre la muerte... bueno, no había duda de que él iría hasta el fin del mundo y más allá del reino mortal para evitarla. Con los Guardianes de su lado, seguramente sería algo que se podría resolver. Necesitaría a Gabriel para investigar, y Cassie sería de gran ayuda.

Exhalando un gran suspiro, Aeric logró calmarse lo suficiente. Aunque no había querido una pareja, Alice había llegado para él de todas formas. A veces el destino jugaba cartas que no se podían predecir; y él tenía que confiar en que el destino mantendría a Alice sana y salva en su vida.

Aeric dejó a un lado las circunstancias del día en su mente y regresó a la temprana reunión, donde Cassie pronunciaría los tres nombres. Keiran Kellan Ephraim. Bueno, podrían ser un solo nombre... Indagó en sus conocimientos buscando cualquier pieza de información relativa a eso. Kieran sonaba extrañamente familiar, por alguna razón, pero no podía dar con la pista. Su mente y su cuerpo estaban cansados, y la suave respiración de Alice lo adormecía en exceso.

Decidió ir a dormir. Podría encontrar al hombre u hombres que buscaba Pere Mal, los que podrían traer a quien parecía ser la mayor amenaza de Alice. Una vez que se encargara de eso y Pere Mal fuera destruido, Aeric estaría libre de compromisos con los Guardianes y Mere Marie.

Entonces podría irse con su pareja y llevarla a algún lugar seguro, para protegerla y adorarla como un dragón custodiando su tesoro.

La imagen lo hizo sonreír mientras se acomodaba para dormir.

5

Un calor se revolvía en el vientre de Alice cuando despertó en los brazos de Aeric. Después de la primera explosión de pasión, había caído en un ligero sueño, pero Aeric la despertó una y otra vez durante la noche. En turnos de ternura y rudeza, el amor que le daba Aeric era increíble y agotador. Cuando despertó y lo encontró vistiéndose, estaba casi aliviada. Si él hubiera estado desnudo y al alcance, ella sabía que ambos no saldrían de la habitación ese día.

—Duverjay estuvo aquí. Me informó que todos están reunidos en el piso de abajo —dijo Aeric disculpándose.

—¿Quién?

—Nuestro mayordomo.

—Ah. Qué elegante —dijo Alice con una sonrisa burlona.

—Te burlarás, pero te trajo un exhibidor lleno de ropa. Creo que Cassie le dio unas especificaciones.

—Ooooooh. ¡Qué lindo detalle! No había pensado en eso aún —dijo Alice—. Tendré que agradecerle a... ¿cómo era su nombre?

—Se pronuncia Du-vurr-yei. Tres sílabas fuertes. Y no es

muy amistoso, pero puedes intentar agradecerle si de verdad quieres hacerlo.

—La gratitud es importante en todas las relaciones, sin importar las personas involucradas —dijo Alice, arqueando una ceja. Se bajó de la cama y fue al exhibidor de plata rodante cerca de la pared, una sonrisa de oreja a oreja brilló en su rostro cuando vio los vestidos—. Ah, Cassie sí que me conoce. Bastantes vestidos de Anthropologie y Topshop, todos negros.

—No tengo idea de qué significan esas palabras —dijo Aeric mientras se ponía una franela de lino negro. Alice le dio una mirada apreciativa.

—Bueno, tú llevas ropa de Tom Ford, por lo que alguien la escoge por ti. Yo creo que tienes más que agradecerle a Duverjay de lo que te imaginas.

—¿En serio? —dijo Aeric, con expresión pensativa—. Mientras creas que me queda bien.

Alice tomó un fino vestido de satén y encaje del exhibidor. Le cubría todo, desde el cuello hasta las rodillas, era bastante recatado para su estilo.

—Todo esto es negro y gris oscuro —dijo Aeric, asintiendo mientras miraba los vestidos.

—"Sip".

—No te gusta vestir colorida, ¿verdad? —preguntó.

—Lo dice el gurú del estilo que no escoge su propia ropa. Quiero aclarar que solo te he visto en negro y azul marino —dijo Alice mientras abría un bolso de ropa interior de seda y empezaba a vestirse.

—Solo preguntaba. No era mi intención. Solo imaginé que te verías bien en casi cualquier color —dijo Aeric, mirándola de arriba abajo mientras se ponía el vestido sobre su cabeza.

Alice tomó una pausa, frunciendo los labios.

—Lo pensaré —respondió, acomodando su cortina de cabello sobre un hombro. —¿Deberíamos ir bajando?

—Claro. Creo que hay unas cajas de zapatos para ti ahí abajo y otras cosas... femeninas —dijo Aeric, y su vacilación hizo reír a Alice. Él había sido intenso en cada segundo que la trató, incluso en las veces en que ella lo había espiado a través del espejo. Este lado dulce era inexplicablemente atractivo. Se le hacía un nudo en la garganta cuando recordaba que su tiempo junto a él sería limitado. Tuvo que alejar el pensamiento mientras tomaba la mano que Aeric le ofreció cuando lo seguía escaleras abajo.

Los Guardianes estaban listos cuando Alice y Aeric llegaron a la enorme mesa de conferencia. Duverjay hizo su aparición, moviéndose alrededor y sirviendo café y pasteles mientras todos hablaban y repartían papeles. Había tres grandes boletines puestos en la pared. Alice los examinó y tomó asiento entre Aeric y Echo, luego mordió un suculento croissant mientras la otra mujer le explicó:

—El primer boletín es sobre las Tres Luces. Esas somos Cassie, Kira y yo, creo. El del medio es todo lo que sabemos sobre Pere Mal, eso es bastante obvio. Y este último... estos son los sujetos que aparecieron cuando buscamos los tres nombres.

El tercer boletín estaba dividido a la mitad. Un lado mostraba a un hombre de cabello oscuro y piel color oliva que brillaba en cada foto. Tenía ojos amarillo intenso, que le recordaban a Alice a Aeric en su forma de dragón. Se veía apuesto y algo exótico, como si viniera de algún lugar del Medio Oriente.

Al otro lado, había un hombre sorprendentemente apuesto de ojos verdes, con su cabello claro tornándose plateado en su temple y frente. Con pómulos altos, labios carnosos y una expresión entre divertida y melancólica, era casi insoportablemente atractivo.

—“Sip” —dijo Echo con una risa cuando notó las cejas levantadas de Alice—. Ese es Kieran Kellan.

—Luce algo... Feérico —dijo Alice, entrecerrando los ojos para ver las fotos.

—Es bastante feérico, por lo que se ve. Es un príncipe de los hados exiliado, ha estado causando problemas en Nueva Orleans por bastante tiempo, al parecer.

—Por lo que debería ser fácil localizarlo entonces —interrumpió Aeric, dándoles una mirada escéptica. Los otros guardianes llevaban la misma expresión; parecía que ninguno de ellos tenía la misma apreciación por el aspecto de Kieran Kellan que las jóvenes.

—Todo lo contrario. Por culpa de esa maldita magia de las hados, no hemos podido dar con este sujeto —suspiró Asher.

—Creo que podríamos tener un contacto que nos pueda contar algo sobre Ephraim, pero no será fácil encontrarlo —dijo Echo, bebiendo su café.

—¿Y si hablamos con Ciprian? —preguntó Cassie.

La mesa se quedó callada por un momento.

—No. Definitivamente no —dijo Gabriel, golpeando la mesa.

—¿Quién es Ciprian? —preguntó Kira, mirando entre Gabriel, Rhys y Cassie, confundida.

—Es una buena fuente —dijo Cassie con picardía.

—Es una escoria chupasangre —dijo Rhys sin ninguna pizca de diversión.

—¿Un vampiro? —preguntó Alice. Cuando Gabriel asintió, ella sintió un escalofrío. Nunca le habían gustado los vampiros; en su experiencia, no se les podía confiar ni las cosas más simples, como que no clavasen sus dientes en un cuello en el momento en que se les daba la espalda.

—Opino lo mismo —dijo Cassie—. Pero él fue el único que mencionó a Kieran en primer lugar, dijo que el sujeto estaba en Nueva Orleans. Seguramente sabe algo. Además, creo que le agrado.

Todos miraron a Gabriel cuando un gruñido salió de sus labios.

—Creo que lo entendiste mal. Él quiere follarte y tomar tu sangre —acusó Gabriel.

—Bueno... es obvio. Es un vampiro. De eso viven —dijo Cassie, volteando los ojos—. No es como si fuera a entrar sola para ofrecerme a él. ¿Por quién me tomas?

—No —siseó Gabriel, con los brazos cruzados—. Llevas siete meses embarazada con mi hija, Cass. Eso no va a pasar.

Cassie frunció el ceño y miró alrededor, buscando apoyo. Rhys suspiró y se acercó para darle palmadas en el brazo.

—Me temo que no está en discusión, señorita. Sería muy peligroso, considerando que llevas *una pasajera a bordo*.

—Biiiien —suspiró Cassie, colocando sus manos en el tope de su vientre y mirando hacia abajo—. Diablos, bebé. Me quieres alejar de toda la diversión.

—Y así es como debe ser —dijo Gabriel.

Cassie bufó, pero no respondió. Era claro que sabía que su pareja tenía razón, incluso si eso la mantenía fuera de acción por un tiempo.

—Encarguémonos de realizar algunas conexiones y nos volveremos a reunir esta noche —sugirió Rhys, alejándose de la mesa.

Todos murmuraron en acuerdo y se levantaron, y así se dio por terminada la reunión. Duverjay se acercó a todos, recogió los platos y limpió las migas de croissants. Alice dudó por un momento, mirando su expresión severa, y luego siguió a Aeric hacia sus aposentos.

Ella deambulaba a través de su dormitorio y su baño, observando la ducha con anhelo, pero se paró en seco cuando encontró a Aeric de pie en la biblioteca, enfundando sus armas.

—¿Qué haces? —le preguntó—. ¿A dónde vas?

—Voy a ver a Ciprian. Podrá preferir a Cassie, pero hoy tendrá que hablar conmigo. Conseguiré respuestas —refunfuñó Aeric, deslizando un par de katanas dentro de unas fundas entrecruzadas en su espalda, sobre su chaleco táctico negro.

—Déjame buscar unos zapatos —dijo Alice, devolviéndose hacia la puerta.

—Alice, no puedes ir conmigo. Esto se pondrá muy peligroso. No te quiero cerca de este sujeto —dijo Aeric, con una voz extrañamente carente de entonación. Él le hablaba, pero su mirada se veía distante, como si ya tuviera planeados sus próximos diez pasos.

—Oye —dijo Alice, chasqueando sus dedos para llamar su atención. Cuando él la miró, ella le puso un dedo en el pecho —. No me vas a dejar aquí. Nos acabamos de encontrar, ¿recuerdas? Estamos juntos en esto.

—No es buena idea que vengas —le dijo, con los músculos tensándose bajo su franela mientras cruzaba los brazos sobre su pecho.

—No me importa. Quiero estar contigo. Además, soy probablemente lo más peligroso en la ciudad en este momento —dijo Alice con franqueza.

Aeric tomó una pausa, mirándola por un momento antes de soltar una carcajada.

—Bien, pero tendrás que decirme todo sobre las Furias de camino, para entender con qué estoy tratando —ofreció.

Alice le dio una enorme sonrisa.

—¡Hecho!

—Vas a ver un lado de mí que no es muy... encantador — le advirtió Aeric.

—Oh, cariño... espera hasta que mi furia salga a jugar. Puedo hacer que llueva sangre del cielo —dijo Alice, dándole palmadas en una mano—. Me han contado que es aterrador.

Aeric pareció incapaz de responderle, por lo que Alice solo sonrió y se dirigió hacia la puerta.

—Viendo todas las cajas de zapatos, mejor te veo abajo —dijo con alegría.

Alice siempre amó una aventura…

6

—Y esas son todas mis habilidades, hasta donde sé —finalizó Alice mientras seguía a Aeric doblando una esquina por una serie de pasillos húmedos y oscuros. Aeric la miró, sorprendido de la forma en que ella lo alcanzaba con terquedad a pesar de sus tacones de tres pulgadas. Su pareja parecía ser tanto linda como decidida.

—Bueno, para ser exactos —dijo, agitando su linterna adelante y atrás cuando llegó a una división en el pasillo—. Puedes literalmente cantarle a alguien hasta matarlo, lo que es aterrador. Comparado con eso, lo demás son solo juegos.

—Ah, sí —dijo Alice, frunciendo el ceño mientras pateaba a un lado un trozo de tela raída. Estaban en algún lugar dentro de un burdel de sangre, en una vía de escape guardada en el Mercado Gris. No era una paseo particularmente pintoresco, por cómo iban, pero Alice no parecía perturbada.

—Por suerte, te emparejaste con un dragón, y nosotros no nos asustamos tan fácilmente —se burló, haciendo que ella volviera a sonreír. Pareció sentirse un poco insegura por un momento. Alice era infinitamente compleja, e igual de interesante para él. Por el contrario de esa maldita cripta de vampiro.

—Oye —dijo Alice, apuntando hacia el pasillo de la izquierda—. ¿No te parece rara esa puerta?

—Rara como que estuviera cubierta de acero, sí. Tienes razón —dijo Aeric, acercándose y sacando una katana de su espalda—. Hemos llegado. Permanece atrás, si puedes. Esto se va a poner algo feo.

En lugar de patear una puerta de acero, Aeric se concentró e invocó a su dragón. Cambió la forma de sus labios y su nariz, el interior de su boca, su garganta y sus pulmones con las escamas protectoras del dragón. Y lo más importante, formó el segundo estómago que le permitía lanzar su aliento de fuego. En un instante, creó una ráfaga de fuego abrasador en sus labios con un bufido y quemó hasta un vampiro que hacía guardia justo detrás de la puerta.

Regresando a su forma humana, Aeric blandió su espada y entró en la habitación. Dos chupasangres permanecieron de pie luciendo asustados.

—¡Alice, ven! —ordenó. Cuando ella se apresuró a quedar detrás de él, dándole una pequeña sonrisa retorcida a los restos humeantes de la puerta, Aeric se dirigió a los dos secuaces—. Apártense, a menos que quieran terminar como su amigo.

El montículo ardiente donde solía estar el primer guardia fue más que suficiente para convencerlos, porque ambos guardias se fueron sin decir más.

—Guau —dijo Alice mientras se giraba hacia el centro de la habitación, donde había un enorme ataúd hecho de oro puro. Era hermoso, pero nada práctico. Una esquina ya se había empezado a suavizar por la entrada dramática de Aeric —. Pensaste que tendría un ataúd a prueba de fuego, ¿verdad?

—Eso pensé —dijo Aeric, meneando su cabeza—. Pero esto lo hace más fácil para nosotros.

Sin perder la concentración, cubrió sus manos con escamas doradas tan brillantes como el ataúd. Protegido de la alta temperatura del oro derretido, levantó la tapa y la empujó a un lado. Ciprian yacía dentro, un hombre rubio de aspecto letal, vestido en cuero y espinas. Parecía como un rockero punk británico de finales de los setenta que se había quedado dormido después de *rockear* toda la noche, pensó Aeric con una sonrisa burlona.

—¿Este es el que estábamos buscando? —dijo Alice, un poco perpleja.

Justo entonces, los ojos azul brillantes del vampiro se abrieron de golpe. Miró con desdén, mostrando sus colmillos y dándose un aire más amenazador.

—Aquí estamos —dijo Aeric—. No era mentira eso de que tu especie duerme como los muertos.

Ciprian se levantó con un gruñido, pero la espada de Aeric mantuvo al vampiro con movimientos lentos y cautelosos.

—Quieto —advirtió Aeric.

—Huele a carne aquí —dijo Ciprian. Sus palabras tenían un fuerte acento, algo de la Europa oriental que Aeric no pudo adivinar.

—Uno de tus hombres estaba muy cerca de la puerta —dijo Aeric intentando justificarse.

—Tú también hueles interesante —dijo Ciprian, inclinándose e intentando olfatear mejor.

—Al cuerno con eso —dijo Aeric, levantando la punta de su katana para quedar a la altura del pecho de Ciprian—. No molestes al hombre oso.

Los labios de Ciprian hicieron una perfecta mueca.

—Podrás tomar la forma de un oso, pero no eres cambiante —declaró, con la curiosidad brillando en sus ojos —. Y acompañado por nada más y nada menos que una furia...

Alice cruzó sus brazos, dándole la razón a Ciprian con una larga mirada.

—Sabía que te conocía de algún lado —dijo, inclinando su cabeza—. Tú rondabas con Vlad y los vampiros originales, ¿verdad?

Ciprian le lanzó una sonrisa apreciativa, demasiados colmillos para el gusto de Aeric.

—Eso hice. Y tú, mi *lady*, te ves muy bien para tu edad. ¿Cuánto tienes? Al menos unos diez siglos humanos ¿me equivoco? —preguntó Ciprian.

Alice tuvo la gracia de sonrojarse.

—No es educado preguntarle la edad a una dama —masculló, evitando la mirada curiosa de Aeric.

—Debe ser la razón por la cual andas con esta... criatura —dijo Ciprian, asintiendo a Aeric—. Él no es la única alma antigua que quedó en este mundo, dulzura.

—¿Alguna última palabra que quieras decir? —preguntó Aeric, presionando la punta de la espada contra la clavícula izquierda del vampiro.

—Ya morí una vez. No me molestaría repetir la experiencia —dijo Ciprian, dando un paso atrás.

—Vinimos por una razón —le recordó Alice gentilmente a Aeric—. Haz tus preguntas antes de que él te irrite al punto de tener que atravesarlo.

—Desde luego —dijo Ciprian, haciendo una burlona inclinación de su cabeza—Lo que sea por una furia y... Ya sabré lo que eres pronto, guardián. No te preocupes.

—Presta atención —gruñó Aeric. El hombre tenía una increíblemente pequeña preocupación por su propio bienestar—. Busco a Kieran.

—Muchos Kierans, y poco tiempo —chasqueó Ciprian, fingiendo mirar sus uñas y limpiárselas en su franela.

—Kieran el Gris, para ser específicos —dijo Alice. Cuando Aeric levantó una ceja, ella le aclaró—: La última vez que Cassie se encontró con Ciprian, ella dijo que lo había llamado así.

—¿Y bien? —Aeric le recordó al vampiro—. Kieran, Kellan, Gris... cual sea su nombre, quiero encontrarlo.

Ciprian le hizo un puchero considerado. Parecía que escogía sus palabras con cuidado.

—Dudo mucho que quieras encontrar a alguien que responda a esos nombres —dijo tras un momento—. En mi experiencia, ha sido un verdadero dolor de cabeza.

—¿Así que lo conociste? —concluyó Alice.

—¿Conocerlo? —Ciprian sonrió—. Más bien diría que nos conocimos.

—Deja de dar vueltas al asunto. Estoy perdiendo lo que me queda de paciencia —dijo Aeric—. No me hagas volver a preguntar.

Ciprian se echó a reír y levantó las manos, menos en defensa y más en una mueca de total resignación.

—Como gustes. No podrás ser capaz de atrapar a Kieran por tu cuenta, desde luego. —Ante el gruñido de Aeric, Ciprian meneó su cabeza de nuevo—. Bien, bien. Podrás encontrar a Kieran el Gris bebiendo en Madam White. En la provincia de Storyville, en el Mercado Gris.

—¿Él suele pasear por el distrito rojo? —dijo Alice, escéptica.

—Yo diría que menos por la compañía de las chicas y más por la discreción que ofrecen esos lugares —suspiró Ciprian—. Me costó bastante conseguir esa información, una vez.

—Bueno, obviamente lo encontraste, por lo que es posible. ¿Cuándo estará allá? —preguntó Aeric.

—¿Me ves cara de adivino? No. —Ciprian se burló, parecía rendirse—. Quizás deberías probar durante un partido de futból. Creo que Kieran apoya a los Saints de Nueva Orleans.

—¿Algo más que quieras compartir? —preguntó Alice, haciéndose la dulce.

—Lo he visto todo, ¿saben? El oráculo me mostró su visión. Por suerte, quiero a Pere Mal fuera de aquí tanto como ustedes. Él es malo para el negocio. Por desgracia, creo que Kieran dará más pelea de la que puedan imaginar.

—Estamos preparados para lo que sea, vampiro —soltó Aeric. Su paciencia había llegado al tope, y estaba considerando seriamente empalar al vampiro. Mientras no eliminara la cabeza de Ciprian, no lo mataría.

La mueca divertida de Ciprian hizo que le temblaran los dedos a Aeric de las ganas.

—Vas a necesitar más que una pequeña espada —dijo Ciprian, y luego miró a Alice—. Como a ella, o a una más de las chicas de los Guardianes. Quizás todas. Nunca he visto a un hado frenarse ante nadie. —Antes de que Aeric pudiera responder, Ciprian levantó una mano para detenerlo—. Esta información es buena. Como hado, querrá algo de ti, algo único que solo una furia o un oráculo pueden ofrecer.

—Si lo sabes, dinos qué nos pedirá —dijo Alice.

—Mi visión termina con ustedes encontrándolo en Madam White. Lo que pase después de eso, no lo puedo adivinar. Ahora, si me disculpan, quisiera dormir unas horas más antes del atardecer. Incluso los vampiros necesitamos nuestro sueño de belleza, ¿no creen? —dijo Ciprian.

Su determinación por terminar ese encuentro fue clara en su voz y su mirada.

—Muy bien —dijo Aeric, mirando el ataúd arruinado—. Deberías conseguirte algo más práctico para protegerte en tu sueño, vampiro.

Ciprian se inclinó y olfateó el aire de nuevo.

—Casi metálico, tu aroma. Muy interesante —notó, levantando una ceja desafiante. Era claro que estaba aprovechando la modestia de Aeric contra su voluntad para quedar solos, pero no valía la pena resistirse.

—Entonces nos despedimos, antiguo —dijo Alice mientras Aeric la sujetaba de la muñeca y la sacaba de la habitación.

—Eso fue interesante, por no decir más —mascullό, llevándola por el pasillo—. Ahora, si encontramos la salida de este lugar, creo que ya tendremos una buena pista.

—Te seguiré a donde vayas, mi amado —dijo Alice con burla, uniendo sus labios con los de él después de que guardó su espada.

Sus palabras sonaban como una burla, pero resonaron en la cabeza de Aeric. La forma en que lo llamó "su amado" le puso la piel de gallina, y las palabras que dijo lo animaron. Después de todo, era cierto.

Su destino estaba en sus manos, y dependía de él mantenerla a salvo.

7

Dominic.

Despierta, Dominic.

Pere Mal abrió sus ojos, mirando el vagamente iluminado techo de su habitación. ¿Los espíritus lo habían llamado? Él había escuchado algo, pero no estaba seguro de qué había sido. Se sentó lentamente, sintiendo el crujir de sus huesos. Se había quedado dormido tarde, por la tensión creciendo en la ciudad y en su propio dominio. Sus pijamas de seda gris colgaban en su oscura piel, húmeda por el sudor de su excesivo esfuerzo, al haberse retorcido en un sueño irregular.

Su atención se centró en la vela de su mesa de noche. No había ninguna ráfaga de aire en el cuarto, pero la llama se sacudió salvajemente por un momento antes de derretir la vela por completo. Una pequeña nube de humo se levantó y un agrio aroma llenó el aire, luego el humo pareció tomar forma, llamándolo como una mano con dedos elegantes.

Con los vestigios del sueño manteniéndolo tambaleante, se levantó y la siguió sin pensarlo. Sus ancestros del otro lado del Velo, en el reino espiritual, lo llamaron en varias y sutiles formas. Esto no se sentía diferente al principio hasta que llegó a un pequeño templo privado justo fuera de su habitación.

El altar era una simple y suave pieza de piedra de un metro y medio de alto por uno de ancho, elevado del suelo. A su alrededor había velas, estatuillas de santos menores, perlas, monedas y pequeñas botellas de licor, más cientos de pequeñas ofrendas para alimentar a los espíritus. Adornando el muro, había un gran número de fotos, dibujos y pinturas de varios ancestros Malveaux, acomodados de acuerdo con el poder y prestigio que habían tenido en sus vidas humanas.

Todo estaba como debía estar; la diferencia esta noche era que una rubia yacía estirada sobre el altar, mirándolo con ojos vidriosos. Aunque su cabello y su velo ceremonial blanco estaban ordenados y pulcros, los ojos rojos y las marcas oscuras en sus nudillos y brazos la hacían ver como una adicta, alguna adolescente perdida.

Un recipiente. Entonces esta no era una visita amistosa de sus antiguos parientes.

Su boca se abrió y una voz inhumanamente profunda salió de ella. Era la criatura que la poseía y la usaba como una torpe marioneta.

—Tráeme a este mundo —ordenó la voz.

La chica tomó una daga de plata, volteándola en sus manos y empujando el mango a Pere Mal. Cuando Pere Mal dudó, la criatura dentro de la chica soltó un gruñido escalofriante.

—Sí, sí —dijo Pere Mal.

Aceptando la daga, cerró sus ojos y murmuró un largo encantamiento, con palabras ya familiares. Se sentían pesadas en su lengua, como si hubiera bebido arsénico; la oscuridad de la magia entumeció sus labios. En cuanto dijo la última palabra, bajó la daga de golpe, sin importar dónde caería, buscando hundirla en la carne de la chica.

La daga tembló en sus dedos mientras esperó. Fue

desagradable invocar un espíritu en el reino mortal, pero necesario. Su maestro era un Loa de gran poder, y difícil era para Pere Mal desobedecer una orden directa de él. Sería firmar su testamento, *seguramente.*

El aire de la habitación se congeló y Pere Mal se forzó a abrir los ojos. La chica estaba de pie ahora, pero su forma empezó a distorsionarse. Como si su esqueleto se estuviera moviendo dentro de su piel, estirándose y cambiando pieza por pieza, y una nueva criatura estuviera tomando forma. Su piel se oscureció gradualmente hasta ponerse negra como el carbón y su género cambió. La criatura resultante fue un hombre impactante de piel oscura que se erguía media cabeza más por encima de los dos metros de Pere Mal. Tenía una piel musculada y lisa, comparable con la de un jaguar en plena cacería. Sus pupilas brillaban con fuerza y sus iris centelleaban como perlas negras pulidas.

—Papa Aguiel —dijo Pere Mal, haciendo una reverencia —. Es un honor.

—Ahhh —suspiró el espíritu, con un aliento que salía con una nube gélida. El aire se congeló frente a sus labios, y pequeños copos de nieve se formaron y cayeron al suelo— Ha pasado tanto tiempo, Dominic.

El profundo acento haitiano del hombre combinado con el idioma moderno sonó mal.

—Maestro —dijo Pere Mal, manteniendo sus ojos en el pecho del hombre. No podía soportar hacer contacto visual con el Loa.

—Esta piel es muy ajustada —notó Papa Aguiel—. Debería encontrar un sacrificio más grande la próxima vez, ¿no estás de acuerdo?

Pere Mal inclinó su cabeza. A veces, la extraña forma de hablar del espíritu lo confundía, a menos que el Loa le hiciera una pregunta directa, era mejor quedarse callado.

—He escuchado que es difícil conseguir buenas vírgenes

en estos días. —Papa Aguiel miró la habitación, haciendo que Pere Mal se preguntara si el espíritu podía ver. El recipiente solo le dio una presencia temporal en este plano, y Pere Mal creía que el Loa no había experimentado ciertas cosas que únicamente se pueden hacer como humano.

—Hacemos lo mejor que podemos —dijo Pere Mal, escogiendo sus palabras con cuidado.

Papa Aguiel soltó una pequeña carcajada, haciendo que un escalofrío cruzara por el cuerpo de Pere Mal. Su diversión era atemorizante en este contexto.

—Vayamos al grano, hombrecillo. —Los ojos oscuros y carentes de vista del Loa deambularon mientras hablaba—. Ha habido muchos cambios en el reino espiritual. El balance de poder está cambiando, y no es a nuestro favor. Creo que habrá una clase de golpe en los días venideros.

Pere Mal frunció el ceño.

—Esas no son buenas noticias —dijo.

Papa Aguiel resopló, luciendo molesto.

—No vine aquí por tus lamentos, hombrecillo. ¿Has encontrado al hombre que te pedí?

El corazón de Pere Mal dio un brinco. Esperaba algo más de tiempo... Con una reverencia, entregó su reporte.

—Ha demostrado ser imposible de atrapar.

Pere Mal casi vio el reflejo del movimiento de la mano del Loa saliendo velozmente, golpeando su pecho y hundiéndose en su carne. Con la boca abierta como un pez, Pere Mal solo podía mirar los ojos ciegos e hinchados de Papa Aguiel mientras el Loa enredaba sus gélidos dedos en el corazón de Pere Mal y lo *apretaba*.

Pere Mal era incapaz de moverse, respirar, pensar. Papa Aguiel parecía no importarle, interesado en dejar claro la importancia de su tarea.

—Te recluté cuando no eras nada, hombrecillo. Rogabas por migas, no tenías nada de magia para mantenerte vivo. Yo te puse en el poder en *Nouvelle-Orleans*. Te di acceso. Secretos, poder del otro mundo. Hice todo eso por una razón y solo una razón: que me trajeras al reino mortal permanentemente. Ese era nuestro acuerdo, hombrecillo.

El Loa tomó una pausa, mirando el rostro de Pere Mal por un momento antes de continuar.

—Para poder llegar a este lado, necesito un recipiente muy especial. Te lo he explicado con detalle. Hay un recipiente, y una oportunidad para traerlo ante mí. Para conseguir ese recipiente, necesito al hombre. Kieran, el Hado Gris, es el único que me puede dar lo que necesito. Si pierdo esta oportunidad de despertar, el golpe en el reino espiritual me retrasará unos mil años más. No he trabajado todo este tiempo ni he puesto todo este esfuerzo contigo, para que arruines todos mis planes. *¿N'est-ce pas*?

Pera Mal no podía responder de ninguna forma. Disgustado, Papa Aguiel lo liberó y lo empujó. Pere Mal tomó aire y se agarró el pecho, agonizando en cada fibra de su ser por un largo rato.

—Esto es solo una muestra de lo que sentirás si me fallas, hombrecillo. Mi último acto de poder será llevarte al reino espiritual, bajo mi control. Te daré sufrimiento sin fin. Lastimaré a cada alma de tu línea de sangre. Mataré a cada descendiente y borraré tu linaje de la faz de la tierra, ¡¿entendiste?!

Pere Mal jadeó una afirmación, temblando.

—Esta es tu última oportunidad, Dominic. Consigue al hombre, saca el recipiente de su escondite. Como te lo he pedido una y otra vez. De lo contrario, mi mano en tu corazón será un recuerdo placentero.

—Sí, maestro. —logró decir Pere Mal, quitándose el sudor que caía de las cejas a sus ojos.

—No me decepciones, hombrecillo.

Pronunciando esas palabras, Papa Aguiel se levantó y

desgarró los huesos del recipiente, despedazándola hasta que una delgada nube de humo salió, disipándose en el aire. El cuerpo, roto y ensangrentado, cayó al suelo sin vida, convirtiéndose lentamente en la rubia pálida original. Con sangre esparcida en el suelo, el calor de esta tocó los pies de Pere mal, haciéndolo sentir náuseas.

Dando la vuelta y caminando hacia el baño de la suite, Pere Mal se arrodilló en el váter y vomitó hasta quedar vacío. Cuando terminó, se levantó y se lavó la boca. Luego regresó a su habitación, se vistió con su traje negro y usó su teléfono móvil para invocar a sus mejores hombres.

En el momento en que se incorporó y bajó las escaleras, diez hombres de trajes oscuros esperaban con expresión de curiosidad. Él se dirigió a todos en el salón, manteniendo sus expectativas simples y claras:

—Vayan al Mercado Gris. Que no quede ningún lugar sin revisar, ninguna persona sin interrogar, ningún brazo sin torcer. Tráiganme a Kieran el Gris antes de la siguiente luna o considérense muertos.

Hubo silencio por un momento. Luego salió un "¡sí, señor!" de cada hombre. Todos se dieron la vuelta y salieron del lugar. Pere Mal se fue a la cocina y se preparó una taza de té. Trató de ignorar el temblor en sus manos cuando tomó la taza y el plato.

Mirando la ventana de su patio trasero, bebió el té y miró la luna llena.

No podía fracasar.

8

—Entonces así es como luce un burdel de hados —dijo Alice, ladeando su cabeza.

Acababan de entrar en una sala con una de las decoraciones más decadentes que Alice hubiera visto jamás, con cortinas rojo damasco, madera oscura y pequeños destellos dorados aquí y allá. Había sutiles luces eléctricas, seguramente, pero la mayor parte de la recámara estaba iluminada por candelabros. Las extravagantes alfombras bajo sus pies, los dos mayordomos tomando los abrigos y las tarjetas de membresía en la entrada, todo, era un poco exagerado. Y eso pensaba Alice, quien había vivido durante el hedonismo del esplendor de la antigua Roma, por amor a Cristo.

—Gracias por su patrocinio —murmuró uno de los mayordomos, devolviéndole la tarjeta de membresía plateada que Echo había preparado para asegurar sus entradas. Rhys tomó el brazo de Echo y la guio hacia adelante, y Alice sonrió cuando Aeric hizo lo mismo con ella. Asher y Gabriel se encontraban detrás; Cassie y Kira se habían quedado en la mansión.

Los Guardianes estaban todos vestidos elegantemente,

con esmoquin y trajes de cóctel. Aeric estaba completamente irreconocible en su Armani, y seguía acomodándose el nudo de su corbata. Aun así, lucía fantástico en él. Era como James Bond en su forma más brutal, y Alice francamente no podía esperar a que la tarde acabara para así poder desvestirlo de su traje pieza por pieza.

Aeric arqueó una ceja, sorprendiéndola mientras lo miraba. Ella se rio y se encogió de hombros; él había estado observándola en su corto y ceñido vestido de encaje negro toda la noche, mirando su trasero en sus altísimos tacones de aguja rojos. Lo justo era lo justo, después de todo.

—Por aquí, por favor. —Una hermosa y pequeña mujer asiática, enfundada en un ceñido vestido de tejido plateado se materializó, aparentemente de la nada, brindándoles una gentil sonrisa y explicando las reglas de la casa mientras los conducía a través del vestíbulo—. Madam White tiene unas cuantas reglas que deben ser observadas. Nada de peleas, ni de tomar lo que no les pertenezca o faltar el respeto a los empleados. Esta es una casa de placer y un lugar de negocios. Confío en que eso no será problema.

Su marcada sonrisa decía que no confiaba en ellos ni por un segundo y Alice casi ríe a carcajadas. Llegaron hasta una puerta doble dorada, grabada con hechizos mágicos indescifrables, indudablemente eran del tipo protector.

—Entren —dijo la recepcionista.

Abrió una de las puertas y retrocedió para permitir el paso. Alice contuvo una risita cuando observó el interior; el lugar era una escena sacada directamente de una lujosa sala victoriana de opio. Había hombres y mujeres reclinados en suaves cojines de terciopelo, tomando bebidas en una reluciente barra de metal, mientras una pareja de gemelas pelirrojas bailaba lentamente la una con la otra un suave jazz tocado en un piano de cola.

Había una contorsionista semidesnuda que actuaba en

una esquina, sutilmente levantaba su pierna por encima de su cabeza y caía de espaldas para abrirse en el aire, moviéndose con ritmo lento. Unos cuantos hombres de traje oscuro se sentaban alrededor de ella en un círculo de sillones de cuero y observaban cada uno de sus movimientos con intenso interés.

La única cosa que lucía completamente fuera de lugar era un televisor pantalla plana en una de las esquinas del bar donde un juego de fútbol estaba al aire. Alice reconoció el uniforme negro y dorado que representaba al equipo de los Saints de Nueva Orleans. Una buena señal, si la información de Ciprian sobre Kieran Kellan era cierta.

Alice sintió un destello de curiosidad de los patrones por un momento, pero no había nada extraño en el entretenimiento.

—¿Buscarán compañía para la noche? —la recepcionista preguntó a Rhys, quien le frunció el ceño.

—No —gruñó él—. Estamos acá para tomarnos un trago, nada más.

—Como desees.

Ella los guio hasta el bar, señalando una larga hilera de asientos desocupados. Tan pronto como se sentaron, caminó alrededor de la barra, haciéndole gestos a alguien que se mantenía fuera de vista, detrás de una brillante cortina de cuentas plateadas.

Alice aceptó un vaso de agua de la recepcionista y se inclinó hacia Aeric.

—¿Puedes leer auras? —le susurró.

—Solo un poco —admitió—. ¿Por qué? ¿Encontraste algo?

—Quien sea que se encuentre detrás de esa cortina es muy, muy poderoso —dijo ella, inclinando su cabeza hacia el fondo de la sala—. Si tuviese que adivinar, pienso que ese es nuestro chico. O al menos, alguien que sabe dónde está.

El hombre misterioso tomó eso como algún tipo de señal

y salió desde atrás de la barra. Kieran era inconfundible, su cabello rubio platinado, ojos verdes y su feral pavoneo eran aún más sorprendentes en persona que en las fotos que Alice había visto. Alice y Echo hicieron contacto visual, ambas poniendo una cara graciosa; Kieran era muy, pero muy agradable a la vista.

La mano de Aeric aterrizó sobre su muslo, haciéndola saltar.

—Lo siento —dijo Alice—. Él es… Yo no… ¡No lo sé, es confuso!

—Es magia de hados —murmuró Gabriel—. Ellos usan el glamur para arrastrar a las personas. La mayoría de ellos no puede evitarlo, pero a nuestro hombre de acá parece que se le subió toda la potencia. Indudablemente tiene a todas las mujeres del lugar hechizadas, cautivadas, y con la lengua demasiado atada como para decirle a alguien una sola palabra acerca de él.

—No es un mal plan —dijo Asher, siempre práctico.

—Bueno… ¿Ahora qué? —preguntó Echo—. Deberíamos solo…

Rhys la cortó.

—¡Hey! —llamó Rhys a Kieran—. ¿Podríamos hablar?

Kieran tornó esa desconcertante mirada esmeralda hacia todos ellos, considerándolos por un momento, luego caminó hasta la barra. Incluso su caminar era engreído y ultra masculinizado, completamente ridículo.

—¿Les apetece un trago? —preguntó él, en su dialecto irlandés ligero y bien entonado.

—Una pinta, una ronda completa —dijo Rhys, observando al hombre de pies a cabeza.

—Estás en lo correcto —dijo Kieran, moviéndose hacia un grifo dorado y llenando jarra tras jarra de líquido color ámbar—. Esto es bebida de hados, así que tómenla con calma. ¿Sí? Podría tomarlos por sorpresa.

—Eres un hombre difícil de encontrar —dijo Rhys luego de su primer sorbo, y dejó su vaso en la barra.

Kieran guardó silencio mientras llenaba la tercera pinta, luego se volteó con una mirada curiosa.

—No soy nadie —dijo Kieran—. Simplemente un bartender, mi amigo.

—No lo creo. —Se entrometió Gabriel. —Tú eres...

—Ah, ah, ah —dijo Kieran, posando forzadamente una jarra frente a Gabriel—. No necesitamos todo eso. Los nombres tienen mucha fuerza por acá, si sabes a lo que me refiero.

La forma en la que miró alrededor de la sala, calmada y al mismo tiempo sospechosa, hizo que Alice pensara que allí debía de haber hechizos flotando que podrían ser activados con la frase *Kieran el Gris.*

—Lo comprendo —dijo Gabriel.

Kieran sacudió la cabeza, volteándose y sirviendo el resto de las bebidas en silencio.

—¿Algo más? —dijo él, recogiendo una toalla del bar y poniéndola por encima de su hombro. Su mímica de bartender era verdaderamente perfecta.

—Bueno. ¿Qué tal el nombre Pere Mal? —preguntó Asher, cortándolo y yendo directo al grano—. Quizás estés tan interesado en no ser atrapado por él como nosotros. Podríamos ayudarnos mutuamente.

—¿Y quiénes son ustedes, todo este pequeño grupo? —preguntó Kieran, dando vueltas a un dedo.

—Los Guardianes Alfa.

—¡Ah! El protectorado de la ciudad —se rio—. Ya veo. Bueno, me temo que no estoy interesado en ser protegido. Me encuentro muy bien aquí, como pueden ver. Mejor aún si todos ustedes se largan y dejan de llamar la atención. ¿Me entienden?

—Si caes en las garras de Pere Mal, vamos a tener muchos

problemas intentando proteger la ciudad entera —cortó Rhys, pero un revoloteo en la esquina del salón atrajo la atención de todos.

La puerta doble dorada se abrió y los dos mayordomos fueron arrastrados dentro con las manos en el aire. Detrás de ellos, dos docenas de matones en trajes oscuros se adentraron en la sala.

—Hablando del diablo y él aparece —masculló Kieran—. ¿Ahora ven lo que han atraído?

—Pónganse detrás de la barra —dijo Aeric, tomando a Alice y a Echo y dándoles un empujón a cada una.

Los Guardianes se enfrentaron con los atacantes, pero fueron rápidamente agobiados. Un par de espectadores intentó huir de la invasión, pero uno de los hombres de Pere Mal sacó una pistola y le disparó a uno directo al pecho. Los invitados retrocedieron hasta las paredes, intentando escapar, y los Guardianes eran lo único que se interponía entre Kieran y su inminente captura.

Kieran sorprendió a Alice al empujarla para pasar frente a ella y a Echo, y se lanzó valientemente a la primera línea. El hado era gigante, un par de centímetros más alto incluso que su propia pareja, y se balanceaba con gusto. Más chicos malos de traje entraron para prolongar la batalla y empujaron a Kieran y a los Guardianes cada vez más hacia atrás hasta que se encontraron casi atrapados contra la barra.

Entonces Gabriel lanzó una especie de hechizo azul cegador que tumbó a la mitad de los hombres malos; Kieran lo siguió con un centelleante hechizo dorado. La marea cambió, y pronto el suelo se encontró cubierto de matones muertos o inconscientes.

Aeric giró su cuello y le lanzó a Alice una sonrisa engreída. Kieran se peinó las cejas y sonrió.

—¡Cómo amo una buena batalla en un día de juego! —dijo —. Particularmente si nuestros chicos no están ganando.

—¿Vendrás con nosotros, entonces? Podrías ver el condenado juego de fútbol más tranquilamente —gruñó Rhys al hombre hado.

—Oh, si tan solo fuera tan simple... Sería más fácil acabar con todos. Pronto vendrán más.

—¿A qué te refieres? —Aeric exigió saber.

—Tal parece que Kieran ha estado jodiendo, mostrando su rostro en lugares en los que no debería estar —dijo con una dramática expresión—. Pronto vendrán más.

—Espera... ¿tú no eres Kieran? —preguntó Alice, confundida.

El hombre le lanzó un guiño.

—Demonios, no —dijo.

Entonces, en un increíble momento de total irrealidad, un perfecto doble del hombre se adentró a la habitación, mirando el piso con una mueca.

—Pere Mal estuvo aquí, ¿cierto? —dijo el segundo Kieran.

—¿Dónde habías estado, hermano? —preguntó el primero.

—¿Hermano? —masculló Echo, con sus ojos ampliamente abiertos—. Santo cielo, ¿hay dos de ustedes?

Ambos hombres con la misma sonrisa seductora se voltearon para verla.

—Sí —dijeron con gracia al mismo tiempo.

—Suficiente de esto —gruñó Gabriel. Levantó una pistola y les disparó a los dos; y sonó un grito de Alice. Ambos hombres cayeron como piedra donde se encontraban parados; sus expresiones pasaron de molestas a relajadas en un segundo.

—¿Qué *demonios*? —gritaron Alice y Echo.

—Solo es un tranquilizante —dijo Gabriel—. Es para propósitos de transporte. No podemos tener a estos idiotas rogando ser capturados. Es simplemente por precaución.

—Vamos a llevárnoslos de aquí —dijo Rhys. Los cuatro

guardianes agarraron cada uno un extremo de los hombres hado y dejaron que Alice y Echo los siguieran, a medida que ellos se hacían camino a través del suelo del burdel completamente colmado de cuerpos.

—Esto ciertamente es más de los que esperaba —susurró Echo, haciendo reír a Alice.

La mente de Alice ya se encontraba flotando, pues estaba abiertamente admirando el trasero de Aeric mientras caminaba delante de ella, cargando a uno de los gemelos. Ciertamente, esta había sido una gran aventura.

Pero ella estaba segura de que una aún mejor la esperaba de vuelta en la mansión… en el dormitorio.

Lamiéndose los labios, se apresuró a seguir a su pareja.

9

Alice soltó un bufido de risa cuando Aeric atrajo su cuerpo sudoroso contra el suyo. Su espalda estaba totalmente recostada contra su pecho y él tomó ventaja de ello. Acarició su cuello, provocándola con el roce de su barba de mediodía, mientras movía sus labios por su piel. Sus pechos se tensaron al tiempo que el calor se esparcía por toda la parte baja de su cuerpo, a pesar de haber tenido múltiples orgasmos minutos antes.

—¿Cómo es posible que estés listo para otro round? —preguntó, mordiéndose el labio. Ella lo había despojado de ese traje tal como lo había planeado, y luego lo hicieron por varias horas. Ya casi amanecía, él la había agotado por completo… y no era que eso la disgustara.

—No puedo evitarlo —murmuró contra su nuca—. Creo que me había dado por vencido de encontrar esto, tener esta conexión con alguien de la forma en que me siento contigo. Me incomoda, pero me emociona mucho. Al oso y al dragón tampoco les molesta.

Esa última frase era una broma, Alice lo sabía. Ella podía predecir si el oso o el dragón estaban cerca de la superficie, sentir el cambio en él, en su personalidad y sus deseos. Eso le daba facetas infinitas, nuevas cosas para explorar cada vez que hablaran, se besaran, incluso al mirarse mutuamente por más de unos escasos instantes.

Era embriagante.

Pero al mismo tiempo la asustaba un poco, la hacía querer confesar el pasado y ver si su recién descubierta conexión era más profunda que un simple capricho. ¿Podría Aeric resistir la verdad?

—Yo fui quien te maldijo, quien te hizo un dragón. —Las palabras salieron de la boca de Alice antes de que pudiera pensarlo. Los labios de Aeric enmudecieron, sus dedos aún jugaban en sus costillas.

—¿A qué te refieres? —preguntó lentamente.

Alice giró sobre sí, para observar sus expresiones.

—Te conté sobre las Furias, de nuestros poderes y nuestras... limitaciones.

—¿Te refieres a esa historia en la que yo te mataré de alguna forma? Sí, me has dicho.

Alice sacudió suavemente su cabeza.

—Hay más. Para poder despertar todos mis poderes, para convertirme en una especie de diosa, se supone que debemos encontrar a nuestra alma gemela y matarla. Este sacrificio es tan poderoso que convierte a las mestizas, como yo, en diosas completas.

Aeric parecía reflexionar al respecto.

—No veo qué tiene que ver eso con mi dragón —dijo al fin.

—Se suponía que yo debía matarte. Esa noche, cuando tu cabaña cayó sobre ti y el dragón te poseyó, yo estaba allí. Mi madre me encargó matarte y me dijo que, de lo contario, ella me rechazaría —Alice pausó—. Por supuesto, no pude hacerlo. En cambio, te lancé una maldición, tratando de complacerla.

Una mueca extraña iluminó los labios de Aeric.

—¿Y lo peor que se te pudo ocurrir fue convertirme en una poderosa y aterradora criatura? —le preguntó.

Alice tuvo la gracia de sonrojarse

—Bueno... Incluso antes, mirándote, no podía hacerte daño.

—¿Por qué no te uniste a mí entonces? ¿Fue por todo ese asunto de "él va a matarme"? Son tonterías, lo sabes.

Alice sacudió su cabeza.

—Mi madre me dijo que tú me odiarías. Que serías cazado, que no conocerías la paz... y que por eso me odiarías.

Aeric se mantuvo en silencio un segundo.

—He sido cazado, eso es cierto. Y nunca he encontrado la paz, pero creo que es por eso que te he esperado por tantos años. Por lo demás... —Él se inclinó y rozó sus labios con los de ella—. Creo que mi dragón es un gran regalo. Mi vida humana habría acabado hace mucho tiempo sin ti. Y nunca habría aprendido magia, ni obtenido mi forma de oso... Ese dragón ha traído mucho a mi vida.

Ambos guardaron silencio por un tiempo, cada uno sumido en sus propios pensamientos.

—Siempre te estuve observando ¿sabes?

—En un espejo adivinador, sí. Eso dijiste. Y me visitaste en sueños.

—No, quiero decir...Yo te buscaba y te veía desde la distancia. A veces por horas o días. Siempre esperaba que empezaras a buscarme y así sabría que ambos podríamos estar juntos. Sin importa lo que eso significaba para mí.

Aeric arrugó las cejas.

—¿Por qué nunca trataste de quitar mi maldición si de verdad pensabas eso de mi dragón?

Alice mordió sus labios.

—Por egoísmo —admitió—. Si deshacía la maldición y te quitaba al dragón, eso podía causar un efecto en cadena de algún tipo. Todos mis recuerdos de ti, del tiempo que te observé desde lejos, todos podrían desaparecer. No habría podido vivir con eso. No podía aceptar que te convirtieras en un extraño para mí.

Aeric lucía como si lo hubieran golpeado en las costillas.

—¿Eso podría pasar? —Apretó los dientes.

—¿Si la maldición es desecha? Creo que sí, por suerte, eso nunca pasará —dijo Alice con una sonrisa.

Aeric la acercó, envolviéndola en sus brazos.

—Eso me mataría —murmuró.

Alice besó sus labios.

—Siempre volveré a ti, no importa qué —añadió Alice después de un momento—Quiero que lo sepas. A través de lo que sea.

Los labios de Aeric estaban sobre los de ella al segundo siguiente, sus manos enredándose en su cabello. Aeric no hablaba, pero tampoco lo necesitaba. Alice podía sentir la rabia y la frustración hirviendo dentro de él, la ira causada por insistir en que podrían alejarla de su lado.

Alice lo besó de vuelta haciendo el amor a estocadas. Aeric la poseía por dentro y por fuera, y ella le daba el control sobre sí al mismo tiempo. Entendió su miedo. Lo sentía también en el fondo de su alma. Mientras más se unía a él, mayor era ese miedo.

Sin embargo, no había nada que hacer. Incluso una furia no podía oponerse al destino, y el destino ya había lanzado sus dados sobre ella varias veces.

Alice moriría y dejaría a Aeric atrás.

Alice se puso de pie frente a la ventana del cuarto de Aeric, miraba las luces de la ciudad a lo lejos. La luna colgaba llena y pesada en el cielo nocturno, como si su melancolía se derramara sobre Nueva Orleans.

Detrás de Alice, Aeric dormía profundamente. Una mirada sobre sus hombros mostró su figura musculosa estirada a lo largo de la cama, desnudo como el pecado original. Ella lo miró por un momento, luego se volvió a la ventana. Ansiosamente presionó su labio superior contra sus dientes, preguntándose qué la mantenía despierta. Una presión sin nombre, un sabor amargo en la parte de atrás de su lengua, tenía un presentimiento que la mantenía inquieta…

La luna brillaba revelando lo que Alice tanto deseaba conocer. Un sentimiento extraño se esparcía en la boca de su estómago, una sensación muy antigua e inequívoca… Sus poderes de furia luchaban por salir, sin permiso. Si ella completaba el ritual y se convertía en una furia completa, esto respondería a una razón, una violenta promesa de furia que aparecería sin la bendición de Alice o su conocimiento.

Aún no había alcanzado la divinidad, pero podía tener acceso a las migas de su poder, atraer una parte y utilizarla por un periodo limitado de tiempo. Desde que había dejado el lado de Tisífone, su furia nunca había intentado salir de forma espontánea.

Esto era preocupante, por no decir más.

Alice ladeó su cabeza. Un sonido suave proveniente de la pared la alejó de la ventana y salió de la habitación, descalza. Caminó hasta la gran escalera, curiosa. Para su sorpresa, encontró a Echo, Kira y Cassie de pie en el recibidor, murmurando.

—¿Tú también? —preguntó Cassie cuando Alice descendió para encontrarse con ellas. Acariciaba su barriga de embarazada, mientras hacía muecas—. Ninguna de nosotras puede dormir. Algo está sucediendo hoy.

—Estas mujeres tiene demasiadas premoniciones —bromeó Kira, sacudiendo su cabeza.

—Sí, mientras, todos los guardianes están durmiendo —respondió Echo con una risita.

—Asher está patrullando —dijo Kira haciendo una seña —. Le escribí hace unos minutos preguntándole si podía volver a la mansión. Tengo un muy mal presentimiento…

Alice perdió el hilo de la conversación. Sus poderes se agitaron de nuevo, la furia en su interior estaba ansiosa y hambrienta, lista para desatar el caos, lista para destrozar el alma de alguna criatura desafortunada. La amenaza inminente que sentía esa noche se duplicó, se triplicó, hasta llenar su pecho. Pensó que se ahogaría. El aire era tan denso que se podía cortar con cuchillo.

Sintió el fuerte sabor de sangre en su boca, un sabor amargo y metálico. En ese momento supo que su tiempo con Aeric había terminado.

De un momento a otro, todo estuvo claro. Pronto, la furia despertaría. Alice caería lejos, Allisandre tomaría su lugar y haría un daño enorme en su camino.

Alice saltó lejos de las otras mujeres, ignorando sus protestas y tiró de la puerta del frente hasta abrirla. Sus movimientos eran torpes, forzados. Luchó contra la fuerte marea dentro de su corazón por todo el tiempo que pudo, y se lanzó a sí misma afuera, hasta llegar a la calle. Dejar atrás la mansión fue como quitarse un abrigo de piel en verano. Casi suspiró de alivio.

Alice trató de voltearse para ver la mansión, deseaba poder ver a Aeric una vez más, besarlo una última vez, susurrarle palabras dulces, cosas que había callado porque dolía mucho decirlas en ese momento. Qué tonta había sido, pensando que tendría tiempo para todo.

Vio a Cassie siguiéndola.

—¡Quédate atrás! —gritó Alice. Alzó su mano en un gesto de advertencia. No sabía lo que iba a pasar, pero necesitaba que Cassie estuviera muy, muy lejos.

Dándole la espalda a su amiga, se paró en la acera y esperó. Varios minutos hicieron tictac, su corazón latía fuertemente dentro de su pecho. Alice tembló mientras el poder crecía y crecía dentro de sí, atizado y martilleando con cada latido de su corazón. Apretó sus puños mientras ocurría la primera explosión, quizá a unos metros de distancia. Un peligroso hechizo golpeó un árbol cercano y expulsó una fiera ola roja de chispas en el húmedo aire nocturno.

Las chicas corrieron a la puerta del frente, con cuidado de quedar dentro del vestíbulo de la mansión. Todo estaba saliendo bien, Alice estaba planeando mantenerse lo más lejos posible de los terrenos de la residencia. La calle frente a ella explotó en un caos repentino, matones vestidos de negro llegaron al lado de un hombre pálido, con aspecto de monje en túnicas negras. Poderosos magos en túnicas aparecieron desde todas partes, conjurando hechizos a la mansión. Muchos hombres lobos de mal aspecto poblaron las calles, y se dirigían en dirección a Alice. Por último, pero no menos importante, estaban los zombis, cuerpos ciegos e inconscientes que se bamboleaban por las aceras con determinación. Eran lentos, pero efectivos; una mordida o un roce podría infectar a la víctima fácilmente.

Los labios de Alice dibujaron una sonrisa. El poder estaba consumiéndola, brotando de ella en forma de olas, haciendo que su piel brillara con una luz plateada. Un hechizo la golpeó en el hombro, sin hacerle daño alguno. Sus dedos se estremecieron, y ella supo lo que pasaría. Sintió el frío del metal antes de que apareciera ante sus ojos, la espada larga, en llamas, se materializaba en sus dedos como una ardiente marca celestial. Ella la alzó en su mano, balanceándola perfectamente.

Nunca se había sentido tan bien. Se abalanzó hacia adelante atravesando con la punta de su espada a un mago que se lanzó contra ella, con un hechizo oscuro saliendo de sus manos. En cuanto la espada cortó su carne, él gritó y entró en llamas negras, que lo consumieron en un parpadeo.

Verdaderamente, hasta ese momento, Alice no conocía la sensación de ser una furia. Era mejor que cualquier droga que había conocido, corriendo a través de sus venas y soltando una profunda risa en su garganta.

—Tendrás que hacerlo mejor que eso —resopló Alice.

Detrás de ella, sintió la presencia de Aeric en el patio. Mientras Alice seguía adelante, una malévola y brillante bola de energía se formó, lista para ser liberada en sus dedos. Sabía que los guardianes estaban corriendo a la acción.

Alice se entregó por completo a la lucha, algo que no había experimentado jamás. Su campo de visión se redujo a los enemigos frente a ella, bloqueando todo lo demás al tiempo que lanzaba hechizos y balanceaba su espada. Las flamas hacían arcos en el aire, el fuego alimentaba su locura, la sed de sangre la consumía poco a poco.

A través de la niebla roja que descendía sobre ella, Alice fue capaz de distinguir las figuras de grandes osos. Los guardianes todos se habían transformado y estaban abriéndose paso a través de la multitud de atacantes, inspirando miedo y desesperación por donde caminaban. Después de una larga serie de muertes satisfactorias, Alice se distrajo por un rugido iracundo de uno de los osos.

Se giró un poco a la izquierda, manteniendo al matón de negro con el que luchaba en su línea de visión. Uno de los osos estaba rugiendo y abalanzándose contra un gran número de magos que trabajaban juntos para detenerlo. No era Aeric; Alice podía saberlo. Ella pensó que quizás fuera Gabriel, aunque no podía estar segura. Todos los osos se parecían bajo la luz de la luna.

Después de acabar con el idiota de traje y apuñalar a dos zombis, Alice entendió que el oso no estaba angustiado por sus atacantes, sino por lo que había cerca de la mansión. El pórtico había sido destrozado por un lado y un gran número de zombis estaban alrededor de Cassie, quien trataba de lanzarles hechizos, pero sus disparos seguían chispeando antes de que pudiera despedirlos. Por suerte, lograba mantener a los zombis a raya asustándolos con luces brillantes y choques eléctricos, pero no duraría mucho así.

—Cassie —murmuró Alice. Balanceó su espada en un amplio arco e hizo retroceder a un grupo de atacantes, luego lanzó un imponente hechizo que atacó a los zombis que perseguían a Cassie, quienes retrocedieron un momento. Al tiempo que se retiraban, un mago vestido con una túnica roja se adelantó y tomó a Cassie por detrás, envolviendo su cuello con un brazo. Empezó a arrastrarla hacia atrás y la preocupación de Alice creció.

Sacudió su cabeza alrededor para buscar a su pareja.

—¡Aeric!¡Ve por Cassie! —chilló.

El precioso oso marrón de Aeric tembló bajo el peso de varios muertos vivientes. Los destrozó a todos y cada uno, y abatió a dos más yendo en estampida hacia Cassie por la urgencia de Alice. Cuando media docena más de hombres se interpusieron entre él y Cassie, Aeric se detuvo.

Alice sabía que volvería a transformase segundos antes de que ocurriera. Todo su cuerpo titiló, luego una brillante nube explotó dentro del cielo nocturno, creciendo y cambiando hasta que el dragón de Aeric fue revelado en sus casi quince metros de altura. Cuando esta aterradora criatura estiró sus alas cubiertas de oro, alcanzó el doble de su tamaño. Sus escamas brillaban como oro líquido, su largo hocico y retorcidos dientes centelleaban bajo un par de brillantes ojos azules. Alice lo reconocería donde fuera.

Era majestuoso.

Él la miró, y luego a Cassie. Inspiró un profundo aliento y las escamas de su pecho y su estómago ondearon, mientras soplaba una gran bola de fuego anaranjado. Era el mismo color que el fuego de la espada de Alice, lo que hizo que su corazón diera un salto. El fuego alcanzó, al menos, una docena de hombres, magos, hombres en túnicas y zombis. Todos se esparcieron, gritando y quemándose en todas direcciones, y extendiendo el fuego a otros tipos malos.

Cassie gritó y todo el escenario cambió de repente. Aeric fue rápidamente hacia ella, alejando a los tipos malos con sus alas y atrapando a otros con su mandíbula. La feroz imagen hizo que el estómago de Alice diera un vuelco, a pesar de haber atravesado a un hombre con su propia espada. De alguna forma, ver así a su pareja, le hacía tener mucho, mucho miedo por su propia seguridad.

Alice se lanzó en dirección a Aeric, y cuando trazó un círculo para limpiar el paso, hizo su jugada. La furia en ella fue hacia el mago que sostenía a Cassie; ya podía saborear la dulce y negra justicia de su muerte en el aire. Alice levantó su espada, alta en el aire, la arrojó como una jabalina y la dejó ir dibujando un arco.

Cassie gritó de la impresión por el sangriento asesinato cuando la espada en llamas cayó y erráticamente decapitó al mago antes de caer al suelo. No tocó nada más, dejó a Cassie intacta, y cuando otro malhechor se agachó para tomar la espada, estalló en una bola brillante de fuego.

Cassie se liberó y corrió a uno de los osos, posiblemente su pareja. El oso se agachó y se transformó en Gabriel, desnudo como al momento de su nacimiento. Abrazó a Cassie sin pensarlo y corrió hasta Mere Marie, quien lo estaba llamando. La bruja blanca lanzó un hechizo morado de protección cuando Gabriel dejó a Cassie a sus pies, luego volvió al campo de batalla.

La distracción casi le cuesta la vida a Alice, o al menos un buen trozo de carne. Se giró en el momento justo para evadir una flecha en llamas que pasó cerca de su hombro, pero pudo sentir la quemadura en su cuerpo. Aparentemente sus defensas requerían concentración, al menos para protegerse de objetos físicos que volaban por el aire.

Alice fue arrastrada de nuevo a la batalla por unos minutos más. Se dio cuenta súbitamente de que la escala del ataque era inmensa; había al menos cientos de maleantes, todo dirigiéndose a la mansión. Los Guardianes hacían un buen trabajo deteniéndolos, pero cuatro ursos y sus tres parejas no hacían un ejército. En medio de ese pensamiento retumbó un sonido que hizo que la sangre de Alice se helara.

Alice giró y atravesó su espada por el hombro de un hombre, quien resopló buscando aire. A menos de cincuenta metros de distancia, Aeric estaba bajo asedio. Alguien había notado la rareza del dragón y llamó a un ataque contra él. Treinta hombres o más cubrieron su cuerpo, golpeando y enterrando sus espadas contra sus escamas, tratando de hacerlo caer.

Un hombre sostenía una espada de aspecto siniestro que irradiaba una enfermiza luz azulada. Escaló debajo de las alas de Aeric y clavó la espada en su estómago, justo donde sus piernas se unían a su cuerpo. Aeric rugió.

Su rugido de dolor y rabia, el sonido, capturó la atención de Alice por un segundo y se enfocó únicamente en eso. Aeric cayó como un zepelín, escupiendo fuego y rugiendo con ira. En ese momento todo se volvió cada vez más y más lento…

Alice abrió la boca, el comienzo de una ansiosa nota salió de sus labios.

Su canción, la destrucción hecha melodía, salió de sus labios. Su cuerpo entero tembló y una luz brillante cubrió su visión. Inclinó su cabeza hacia atrás mientras el sonido brotaba fuera de ella, cada nota hacía que el mundo se pausara. Siguió, siguió y siguió. Alice sacó todo lo que había dentro de sí, la furia liberando lo último de su influjo en un acto final de brutal poder.

Todos los cuerpos a su alrededor cayeron al suelo. A la furia no le interesaba si eran amigos o enemigos; ella solo quería proteger a su pareja, a su amor. Su canción quemaba, brillante y alta, haciendo temblar su cuerpo, liberando a Alice del endeble cuerpo humano que había usado toda su vida. Sintió su alma separándose de su cuerpo, pero no pudo detenerla ni aunque lo intentara.

Su canción terminó con una encantadora e inquietante nota, expulsando a Alice fuera del reino humano de una vez por todas, en un doloroso jalón. Miró a Aeric tendido de lado, vio su pecho subiendo y bajando y estuvo satisfecha. Si debía morir, al menos había salvado a su pareja.

Alice se dejó ir, se dejó empujar a través del aire y más allá del velo.

Su acto final estaba completo.

10

Aeric despertó con un amargo rugido saliendo de su garganta. Empujó el cobertor aferrado a sus brazos y pies, frenéticamente. Su corazón estaba acelerado; su dragón y oso, furiosos; se encontraba en un estado de completo pánico.

—¡Alice! —gritó.

Se hallaba en una habitación que no conocía, fuertemente arropado en la cama como una momia. La habitación estaba completamente en blanco puro; el olor de químicos astringentes le indicó que se encontraba en alguna especie de hospital.

—¿Dónde estoy? —demandó saber—. ¿Dónde está Alice?

—No cambies de nuevo —le advirtió Mere Marie, cuando apareció al lado de la cama. Sostenía una toalla húmeda en la mano y mantenía un ojo crítico sobre él—. Y deja de moverte tanto. Estás gravemente herido.

Tenía razón en esa última parte. El dolor se extendía por todo el lado derecho de su cuerpo. Cuando logró quitarse el edredón de encima, observó que se encontraba vendado desde las costillas hasta la cadera.

Mientras Aeric se examinaba sus heridas, Mere Marie se dio la vuelta y llamó a una enfermera.

—¡Busca a la doctora Khouri! ¡Ya despertó!

—¿Dónde está Alice? —repitió Aeric, halando los cables que se encontraban pegados a sus antebrazos y muñecas.

Mere Marie abrió su boca con vacilación, transmitiéndole a Aeric un profundo sentimiento de vacío en su estómago, pero antes de que pudiese contestar, una preciosa mujer de Medio Oriente en un uniforme blanco de doctora ingresó en la habitación.

—Por fin despiertas. Sabía que volverías más temprano que tarde —dijo en un marcado acento británico—. Soy la doctora Khouri, y te encuentras en el Luna Llena, el hospital general para criaturas paranormales del Mercado Gris. Deja de halar tus intravenosas, por favor. Les tomó años a las enfermeras colocártelas porque no dejabas de cambiar tu forma. Por ahora, vamos a tomarte la presión sanguínea.

Bajo el gentil, pero persistente, cuidado de la doctora, Aeric fue forzado a sentarse y a esperar a que ella terminara.

Una vez revisados todos sus signos vitales, cuando la doctora se veía satisfecha, él preguntó nuevamente.

—¿Dónde está mi pareja? ¿Dónde está Alice? —No se sentía orgulloso del suplicante tono en su voz, pero estaba demasiado ansioso por respuestas.

La doctora tomó un pequeño aliento, su boca se torció hacia abajo en las comisuras.

—Me temo que no puedo dejarte verla aún. No te encuentras lo suficientemente bien como para dejar la cama, y tu pareja sigue inconsciente.

Hubo un destello de algo en sus ojos, algo que le decía a Aeric que no le estaban contando toda la historia. Miró a Mere Marie y observó lo mismo en su expresión.

—¿A qué te refieres con que sigue inconsciente? —preguntó.

Mere Marie tomó su mano y puso la suya encima.

—Cuando vio que estabas herido, ella atravesó algo... Bueno, no estamos exactamente seguros. Pero fue traumático. Hubo un gran destello de luz y luego todo el mundo cayó al suelo. Fue obra de Alice, estamos seguros. Cada uno de nuestros enemigos estaba muerto, y el resto de nosotros estábamos inconsciente. Tú y Alice fueron los últimos en revivir, me temo.

Frunciendo el ceño, Aeric se movió y comenzó a balancear sus piernas fuera de la cama.

—Quítame las intravenosas o las halaré hasta sacarlas —dijo desesperadamente intentando mantenerse calmado—. Voy a verla ahora mismo, con o sin su ayuda.

Mere Marie y la doctora intercambiaron una mirada. Luego de un momento, la doctora Khouri dio un rápido asentimiento y comenzó a desconectar las sondas.

—Espera déjame... —La doctora intentó, pero en el segundo en que Aeric se encontró libre, ya se había puesto de pie, a medio camino de la puerta.

Mere Marie lo seguía de cerca, dirigiendo el camino mientras él caminaba a través del pasillo con sus pies descalzos. Se dio cuenta de que estaba vistiendo algún tipo de bata de hospital y que debía lucir como una especie de animal. Aunque no era totalmente incorrecto, ¿no? Se sentía salvaje sin su pareja.

La habitación de Alice se encontraba a solo unas cuantas puertas de la suya. Cuando abrió una, encontró a Cassie y a Echo sentadas en sillas para visitantes del lado opuesto de la cama hospitalaria. Alice estaba enfundada en la misma bata de algodón que él, tumbada en la cama justamente como la había encontrado en aquel ataúd de cristal.

Lucía como si hubiera estado preparada para su propio funeral. Su cabello largo y oscuro yacía a su alrededor en una masa sedosa; su piel era anormalmente pálida; sus labios muy brillantes y sus ojos estaban cerrados. Aeric se arrastró hasta su cama, buscando sus manos para tomarlas.

—Está helada —murmuró volteando su cabeza para mirar a la doctora, quien se encontraba en el pasillo detrás de él. Luego preguntó—: ¿Por qué está helada?

La doctora soltó un suave suspiro.

—No estamos seguros —admitió—. No es un coma... Y ella sigue respirando. Ella está solo... No está volviendo en sí como esperamos que lo haga.

—Hemos intentado todo lo que se nos ha ocurrido hasta ahora —dijo Mere Marie—. Nadie parece saber qué es esto.

Aeric asintió rígidamente, mirando hacia Alice. Ella se encontraba tan perfectamente inmóvil, excepto por el delicado subir y bajar de su pecho mientras respiraba.

—Es una maldición. Ella intentó decirme... —Su voz se rompía—. Ella dijo que la pareja de una furia provocaría su muerte, sin excepción. Yo no la escuché...

La doctora Khouri se acercó y puso una mano sobre el brazo de Aeric.

—Ella aún está viva —le recordó suavemente—. Creo que aún queda esperanza. Tal vez un ritual... No estoy segura.

Un ritual. Eso era algo que Aeric podía entender, algo familiar. Ya se encontraba mirando alrededor de la habitación por un objeto filoso. Apresuradamente arrebató un par de tijeras médicas de una bandeja de enfermería cercana. Antes de que alguien pudiera decir otra palabra, Aeric se hizo un corte limpio en la palma de la mano.

Con la sangre goteando, extendió la mano y presionó su palma contra la piel expuesta sobre el cuello de la bata de hospital de Alice, tan cerca de su corazón como pudo.

Aeric esperó, con anhelo, pero no sucedió nada. Alice no hizo más que temblar. Aeric miró hacia Mere Marie, perplejo.

—Pude haberte dicho que no hicieras eso. El sacrificio no

es lo suficientemente bueno —dijo la vieja bruja y sus labios se estiraron mientras fruncía el ceño.

—¿Entonces qué puedo hacer? Daría todo. Incluso mi vida… —comenzó a decir Aeric.

—Quieto allí —dijo Mere Marie, sacudiendo la cabeza—. Yo no te dejaría hacerlo.

—Realmente no tienes opción —escupió Aeric.

Mere Marie cruzó los brazos y le lanzó una mirada.

—De hecho, la tengo. Está en los términos de tu contrato. No tienes permitido sacrificar tu vida innecesariamente. Si lo intentas, utilizaré magia para detenerte. Tiene que haber otra manera.

—No… —comenzó a decir Cassie, luego se mordió los labios—. ¿No dijo Alice que ella había sido quien te maldijo y te convirtió en dragón?

Aeric la observó con una mirada curiosa.

—Sí.

—Entonces… ¿Qué tal si…? Sé que suena alocado... ¿pero no crees que ese podría ser el sacrificio más apropiado? —Cassie arrugó la nariz—. Sé que es duro, pero…

—Lo haré. —Aeric ni siquiera tenía que considerarlo. Miró hacia Mere Marie—¿Cómo podría hacerlo?

Mere Marie inclinó la cabeza.

—Tendrías que pedirle a Echo que te llevara más allá del Velo, dentro del reino espiritual.

Aeric miró a Echo.

—Por supuesto que lo haré. Puedo dejarte pasar, pero tú tendrás que traerla de vuelta.

—Hagámoslo —dijo Aeric sin un momento de vacilación.

Echo se puso de pie y caminó. Extendió la mano y Aeric la tomó. Cerró los ojos y estiró la otra mano agitándola delante de su cuerpo. Por varios minutos, lució como una loca, experimentando algo que Aeric no podía ver.

Entonces el aire frente a ambos pareció engrosarse y

deformarse, arremolinándose con cada avance de la mano de Echo. Sus ojos se abrieron repentinamente. La escena frente a ellos, Alice en su cama de hospital y Cassie observándolos con una aterradora expresión, se desvaneció. Una capa de blanca niebla apareció, y Echo estiró su mano para hacerla a un lado, tan fácilmente como si deslizara una cortina.

—Ven —dijo Echo siniestramente. Ella atravesó el grisáceo atardecer detrás del Velo, guiando a Aeric consigo.

Aeric se adentró en el plano espiritual, pestañeando mientras sus ojos se acostumbraban. El mundo allí lucía oscuro y brumoso, sin sol o luna que se pudiese apreciar. Él pudo distinguir algunos árboles retorcidos y desnudos en la distancia, y la tierra oscura y húmeda a sus pies, pero poco más que eso.

Echo soltó su mano.

—No puedo ir más allá —explicó—. Debo quedarme aquí y proteger la abertura que he hecho en el Velo. Atraerá espíritus después de un tiempo, así que, por favor, intenta ser tan rápido como puedas.

—¿A dónde voy? —preguntó Aeric, mientras entrecerraba sus ojos en la niebla.

—Creo que alguien te espera —dijo Echo, señalando.

Era cierto. Una alta figura, vestida de negro, se mantenía de pie en la niebla. Aeric se alejó de Echo; su corazón martilleaba en su pecho mientras se acercaba a la figura. Cada paso se sentía como si estuviese cruzando a través concreto, debía usar cada partícula de fuerza solo para seguir moviéndose.

Cuando se encontró a un brazo de distancia de la figura, su rostro entró en foco. La mujer era más anciana de lo que cualquier humano podría llegar a ser, arrugada y encorvada. Aun así, había algo sobre ella que se le hacía familiar.

—Sigues vivo —anunció, sonando débilmente sorprendida. Su acento era grueso y vagamente oriental, haciéndose difícil de entender por su siseo sin dientes—. Le advertí a mi hija que debía matarte y cumplir su destino como una furia. Y aun así, aquí estamos.

Ella hizo un gesto hacia una mancha oscura en el suelo a unos metros de distancia. Aeric la observó por varios latidos hasta que pudo reconocerla como un cuerpo. Alice yacía tendida en el suelo, vestida con una gruesa capa oscura como la de la anciana.

—¡Alice! —lloró y corrió a su lado. Se arrodilló dándole la vuelta. Ella se encontraba sin vida, pálida y helada al tacto. A pesar de que aún respiraba, era un perfecto espejo de la Alice que yacía en la cama de hospital.

—No puede escucharte —siseó la bruja—. Has tomado todo de ella, tal como yo lo profeticé.

—Haré lo que sea —juró Aeric—. Lo que sea para llevarla de regreso.

La anciana inclinó su cabeza, considerando las palabras de Aeric por un momento.

—Ella no puede avanzar o retroceder sin el sacrificio adecuado. ¿Cuánto de ti darías para liberarla?

—Mi vida —dijo Aeric—. Yo daría lo que sea que pidas.

Con los labios fruncidos, la bruja negó con la cabeza.

—Conozco a mi hija. Salvó tu vida más de una vez, te adora. No desearía regresar a un mundo sin ti. —Tomó una pausa—. La maldición que ella te hizo, el dragón que hay dentro de ti. Tú lo amas ¿no?

Aeric incline su cabeza.

—Así es.

La bruja le dio una enigmática sonrisa mostrando las encías. Sacó un largo cuchillo de obsidiana de su abrigo.

—Eso funcionará —dijo—. Libera a tu dragón, déjalo ir en el reino de los espíritus y podrás reclamar a tu pareja.

Aeric arrebató el cuchillo de sus temblorosos dedos, estremeciéndose al sentir la superficie helada y resbaladiza del objeto. La piedra negra brillaba débilmente en el crepúsculo infinito, haciendo que el estómago de Aeric se revolviera.

—Directo a tu corazón, debería ser suficiente —dijo la bruja, cruzando los brazos y lanzándole una mirada sin impresión.

Aeric cerró los ojos, respiró hondo y clavó el cuchillo en su pecho. Aferrándolo con ambas manos, lo condujo con una única y rápida estocada.

Un grito agudo salió de sus labios cuando el cuchillo separó su carne. Pero eso no detuvo su corazón, no brotó sangre, su cuerpo estaba completamente intacto. En cambio, el cuchillo hirió su alma. Su dragón se agitó, rugiendo cuando fue arrancado del tejido de su ser. Una inmensa tristeza llenó su corazón mientras el espíritu del dragón brotaba de la herida del cuchillo, deslizándose fuera del corte en una fina corriente de humo dorado.

—¡Agh! —rugió Aeric. El humo se envolvió alrededor de sus hombros, acariciándolo con nostalgia antes de desaparecer en la niebla. La anciana se estiró y retiró la daga del pecho de Aeric, sujetándole el hombro para evitar que se desplomara sobre el cuerpo inconsciente de Alice.

Bajo él, Alice se movió.

—Alice —susurró, roncamente.

Ella gimió suavemente y trató de incorporarse. Aeric se liberó de las manos de la bruja y se aferró a su compañera. Cuando sus grandes ojos color avellana se abrieron, parpadeando somnolientos, la arrastró a su pecho en un fuerte abrazo.

—¿Qué sucedió? —murmuró Alice.

—Váyanse ahora —La bruja fulminó a Aeric con la mirada —. Toma a tu mujer, abandonen este lugar.

—¿Madre? —dijo Alice, mirándola confundida.

Aeric no desperdició ni un segundo. Se levantó y recogió

a Alice en sus brazos, y corrió hasta el lugar donde Echo permanecía esperando.

—Lo hiciste —dijo Echo, asombrada. Se hizo a un lado y dejó que Aeric llevara a Alice, siguiéndolos para sellar el Velo. El cuerpo de Alice se desvaneció en sus manos, como filtrándose. Él entró en pánico por un momento hasta que se dio cuenta de que ella aún yacía en la cama del hospital, al otro lado.

Aeric entró en la pulcra habitación blanca del sanatorio, haciendo una mueca ante la brillante luz del reino humano. Mere Marie, Cassie y la doctora Khouri miraban de un lado a otro entre Aeric, Echo y Alice, quien estaba luchando por sentarse en su cama.

Aeric hizo a las mujeres a un lado y se sentó junto a Alice, extendiendo la mano para tomarla. Ella lo observó por unos momentos, con lágrimas en sus ojos.

—Tú ... —ella susurró—. Te conozco ¿verdad?

El corazón de Aeric se desplomó.

—Eres mi pareja —dijo, confundido—. Por supuesto que me conoces.

El labio inferior de Alice temblaba.

—Yo... lo siento —dijo ella, un pequeño sollozo escapó de sus labios—. No recuerdo...

Por supuesto. La maldición había sido removida... y tomó todas sus memorias con ella. Aeric estiró sus brazos y la atrajo hacia él, abrazándola fuertemente.

—Está bien —murmuró en su cabello. Alice no puso ni un poco de resistencia.

—Te conozco —dijo ella de nuevo—. Te he tocado... Solo que no puedo recordar...

—Aeric. Mi nombre es Aeric —dijo él—. Y te encontraré de nuevo, Alice.

Ella se retiró un poco, observándolo. Una extraña y tímida sonrisa iluminó sus labios.

—Aeric —dijo ella, como si estuviese probando el nombre —. Eres realmente apuesto.

Una lágrima corrió por sus mejillas, la primera en salir en cientos de años. Con ella, saboreó un momento de intensa y ardiente esperanza. Él la había salvado, eso era todo lo que importaba. El resto vendría con tiempo.

Después de todo, Alice había prometido que siempre volvería a él.

Siempre.

11

Los músculos de Pere Mal tuvieron un espasmo y lo despertaron de su sueño profundo. Era la primera vez en días desde que Kieran el Gris había eludido sus fuerzas en la mansión de los Guardianes. Un presentimiento llenaba su pecho antes de abrir sus ojos.

En el momento en que sus párpados se alzaron, chilló. Estaba acostado en su cama, sosteniendo una daga ceremonial de aspecto maligno, la misma que había usado una y otra vez para invocar Papa Aguiel, para cambiar la forma del recipiente.

—¡No! —gritó, pero era demasiado tarde. Una oscuridad cubrió su pecho mientras él se clavaba la daga dentro de su cuerpo, un gritó ahogado escapó de su garganta.

Su conciencia cambiaba, flotaba lejos...

De repente Papa Aguiel estaba mirando un techo blanco. Una mueca se dibujó en su rostro mientras se retorcía en su nueva piel, sus huesos crujían y su carne se estiraba revelando su verdadera forma. En ese momento pudo sentir la fuerza de su recipiente. Había utilizado una gran cantidad de magia empleando a este poderoso monje vudú como recipiente en lugar del usual sacrificio virgen, pero lo valía.

Aguiel podía predecir que este aguantaría un poco más. Tenía semanas, cuanto menos, meses tal vez, antes de que esta forma se desvaneciera. Suficiente tiempo para preparar el recipiente que necesitaba, el que lo podría mantener indefinidamente.

Una vez que capturara a la joven, controlaría el mundo humano con puño de hierro. Los cielos lloverían sangre, los ríos se llenarían de los cuerpos de sus enemigos, y la humanidad se arrodillaría ante su soberanía.

Estaba escrito.

Ponerse de pie y estirar su nuevo cuerpo nunca se había sentido tan bien. Al menos, Pere Mal tenía buen gusto con sus pijamas de seda. Eran de su talla, por lo que parecía que Papa Aguiel tendría todo un guardarropa a su disposición sin ningún esfuerzo.

Había elegido bien a su recipiente.

Su mueca se deformó más mientras acechaba el camino a la puerta del cuarto de Pere Mal. Cerca del escritorio había un grupo de fotografías clavadas en la pared, los humanos que había cazado Pere Mal por los intereses de Papa Aguiel.

Una foto mostraba a dos hombres idénticos, atractivos, de cabello oscuro, ambos escurridizos príncipes hados. Otra foto mostraba a una bella mujer del Medio Oriente con un hermoso cabello que caía como una cascada de seda y dos grandes ojos marrones. Posaba con varios compañeros de trabajo, todos vistiendo batas médicas.

Despegando la fotografía de la pared, Papa Aguiel lanzó

un aullido de risa. Volteó la foto y encontró detrás el nombre de la mujer escrito en una elegante letra cursiva.

—Doctora Serafina Khouri —leyó en voz alta—. No podría pedir una presa más bella.

Papa Aguiel tenía un mundo por conquistar.

12

Un mes después

Aeric entró en la biblioteca de su habitación y tiró su chaleco táctico en una silla. Esperaba que Mere Marie o Cassie estuviesen ahí, instruyendo a Alice. Hechizos de memoria, tarjetas con información sobre personas que ella conocía, toda clase de cosas. Alice, como buena deportista, había estado trabajando duro para volver a recordar toda una vida de experiencias olvidadas.

No hacía que doliese menos, siempre que Aeric hablaba con ella. Con la más simple broma o referencia, o tan solo con mirarla con nostalgia, Alice se ruborizaba con culpa. Él se sentía increíblemente melancólico esos días, también, porque no podía precipitarse con su pareja, tomarla en brazos y llevarla a la cama. No era más que un atractivo desconocido para ella

Le rompía el corazón, sin duda.

—Alice —llamó al otro lado de la biblioteca.

Ella estaba de pie al lado de la ventana, vistiendo un

vestido de seda de espalda baja que se aferraba a cada milímetro de su perfecto cuerpo. Su largo cabello negro estaba apilado sobre su cabeza en un elegante moño que exhibía la parte de atrás de su cuello y su columna desnuda. Se volteó al escuchar su voz. Había algo en la forma en que ella lo miraba.

—¿Alice? —preguntó, avanzando hacia ella.

—He estado esperando por ti —dijo ella, sus preciosos ojos avellanados brillaban—. Mere Marie y yo trabajamos bastante hoy, y... Bueno, solo digamos que mantuve mi promesa. Te dije que volvería a ti, ¿no?

Los brazos de Aeric se encontraron alrededor de la cintura de Alice antes de que él pudiese comprender.

—¿Lo recuerdas? —preguntó él, mirándola a los ojos, buscando respuestas.

—Fue un pequeño hechizo, algo así como una visión —dijo ella agitando una mano—. Ese recuerdo volvió a su lugar. He estado haciendo un agujero en el piso, caminando, esperando que vuelvas del patrullaje...

Los labios de Aeric aterrizaron en los de Alice sofocando un sonido de sorpresa y satisfacción de su garganta.

Él la cargó por la cintura, la llevó a la robusta mesa de roble y utilizó una mano para hacer a un lado todos los papeles y los bolígrafos de la superficie antes de sentarla. La besó con fuerza y profundamente y rasgó su vestido con sus dedos, desesperado por quitar todo lo que había entre ellos.

Alice no se contuvo, tampoco. Ella desabrochó su cinturón, le sacó los pantalones y desgarró el cuello de su camiseta mientras lo desvestía. Estaban desnudos y jadeando en cuestión de segundos, mientras Alice susurraba suaves palabras de aliento en su oído todo el tiempo, apresurándolo una y otra vez. Estuvo dentro de ella en un abrir y cerrar de ojos, gimiendo ante la sensación de su apretado calor, la forma en que arañaba sus hombros, la forma en que ella se mordía el labio para sofocar sus gemidos de pasión.

—Abre los ojos, Alice —susurró Aeric. Esa hermosa mirada de color avellana fue revelada y lo quemó—. Joder, no voy a durar. Eres demasiado...

Alice se apretó a su alrededor, deseándolo. Aeric clavó una mano en su cabello y la haló hacia atrás hasta que la llenó una y otra vez, increíblemente profundo. Su cuerpo se estremeció y se contrajo mientras ella se corría con un grito salvaje, con las uñas marcando su cuello.

—Aeric —gimió ella, y eso lo mató, realmente lo *mató*.

Él gritó su nombre contra su cuello mientras alcanzaba su liberación, aferrando su cuerpo fuertemente, sosteniéndola tan cerca como podía estar de ella. Buscó sus labios de nuevo, besándolos, incapaz de mantener su aliento.

Eso, Aeric extrañaba eso... no solo el sexo, sino la conexión pura que sentía con su pareja.

Era embriagante.

Liberándola finalmente, Aeric tomó a Alice en brazos y la llevó directamente hacia su habitación. La recostó en la cama y se envolvió junto a ella en un paquete de suaves y acolchados edredones. Ninguno de los dos dijo algo; se aferraron el uno al otro, besándose, tocándose y suspirando con una especie de felicidad que Aeric nunca había experimentado.

—Estás llorando —dijo Alice luego de un largo rato, con una sonrisa acuosa.

—Tú comenzaste —bromeó Aeric, luego contestó—. Creí... que estabas perdida para mí. Creí que ya tenía cada parte de ti que alguna vez iba a tener, y yo...

—No creí ver a un dragón llorar —bromeó Alice, entrelazando sus dedos con los de él.

—Ya no soy un dragón —dijo Aeric lentamente. Por un momento, pensó que quizá ella no recordaba esa parte, que él había renunciado a su dragón para salvarla.

—Quizá no con las alas y el tamaño y todo eso —dijo Alice, arrugando la nariz y tocando su pecho, justo sobre su corazón—. Pero aquí... Nada puede cambiar lo que eres, y aquí tú eres un dragón, pase lo que pase.

Aeric no supo qué responder. Tener a Alice de vuelta, escucharla hablarle con tanto amor… era demasiado para su dolorido corazón, dragón o no.

—Te hice una promesa, que siempre volvería a ti. Esas únicas palabras nos unen por siempre —dijo Alice, recostando su mejilla contra su pecho. Sus dedos dibujaban círculos sobre su piel, y él tenía la idea de que estaba trazando letras en su piel, una y otra vez.

—¿Por siempre? —preguntó él, con una sonrisa atascada en sus labios.

—Y para siempre —afirmó Alice, acurrucándose más cerca.

—Por siempre y para siempre. Me gusta cómo suena eso.

Aeric se acomodó, contento por primera vez en su completa existencia. Esas palabras estaban ahora grabadas con fuego en su corazón, al igual que el nombre de Alice.

Forma parte de mi lista de envío para ser de los primeros en saber sobre nuevas entregas, libros gratuitos, precios especiales, y otros regalos de nuestros autores.

https://kaylagabriel.com/espanol/

ACERCA DEL AUTOR

Kayla Gabriel vive en los campos de Minnesota, donde jura haber visto cambiaformas en los bosques de su jardín. Sus cosas favoritas en la vida son los minimalvaviscos, el café y cuando las personas utilizan las luces de giro de sus autos.

Conéctate directamente con Kayla por el email:
kaylagabrielauthor@gmail.com

http://kaylagabriel.com

BOOKS IN ENGLISH BY KAYLA GABRIEL

Alpha Guardians

See No Evil

Hear No Evil

Speak No Evil

Bear Risen

Bear Razed

Bear Reign

Red Lodge Bears

Luke's Obsession

Milton Keynes UK
Ingram Content Group UK Ltd.
UKHW020812050124
435493UK00013B/1814

9 781795 903110